I0596262

چاه آرزو

چاه آرزو

مجموعه داستانهای کوتاه

زهرا پدرام جعفری

چاه آرزو
مجموعه داستانهای کوتاه
نویسنده : زهرا پدرام جعفری
ویراستار : سروناز ملک
طراح جلد و صفحه آرا : زهرا پدرام جعفری
چاپ اول: زمستان ۲۰۲۱ میلادی مطابق با تابستان ۱۴۰۰ هجری شمسی، استرالیا

این کتاب را تقدیم می‌کنم به دختران مهربان و همسر دلسوزم که همواره مشوق من بودند در رسیدن به آرزوهایم و مرا بی‌قید و شرط دوست دارند.

این کتاب را تقدیم می‌کنم به مادرم که با وجود تمام تفاوت‌هایمان محبت و مهربانی را از او یاد گرفتم. تقدیم می‌کنم به پدرم که بسیاری از خاطرات شاد کودکی‌ام را مدیون روح شوخ‌طبع او هستم؛ اگرچه سال‌هاست که دیگر در کنار ما نیست.

این کتاب را تقدیم می‌کنم به زنان و مردان مهربان سرزمینم؛ زنانی چون سعیده قدس بنیان‌گذار محک و مردانی چون علی حیدری بنیان‌گذار پایان کارتون‌خوابی که علم‌داران بی‌منت مهربانی و مهرگستری و نمونه‌های بارز فرهنگ غنی ایرانی هستند.

فهرست مطالب

پیشگفتار

هیچ داستانی صرفاً زادهٔ تخیل نویسنده نیست. داستان‌ها چه تخیلی و چه غیرتخیلی همگی از تجربهٔ سال‌های زندگی نویسنده حکایت می‌کنند و برداشت شخصی او از یک حادثه یا اتفاق در گذشته‌ای دور یا نزدیک. نویسندگان همگی واقعیات زندگی را با هاله‌ای از تخیل و آرزو می‌آمیزند و خواننده را همراه و همسفر خود در دنیای افکار و آرزوهایشان می‌کنند. به امیدآنکه نویسندهٔ این سطور هم بتواند همسفری ارزشمند برای خوانندگان باشد و دنیای جدیدی را در برابر دیدگانشان بگستراند.

در حاشیه لازم می‌دانم نکته‌ای را متذکر شوم. خواندن کتاب‌های نویسندگان درون‌مرزی و برون‌مرزی و سال‌ها تجربهٔ زندگی در ایران و خارج از ایران و همچنین همصحبتی، همفکری و همکاری با بیش از بیست ملیت مختلف به این نویسنده آموخته که دنیا و مردمانش در برهه‌های مختلف تاریخی تجربیات مشابهی داشته‌اند و تاریخ تکرار مکررات است. هیچ‌چیزی در زیر این آسمان آبی جدید نیست و نخواهد بود. دانستن این نکته که دانشی قدیمی است به ما یادآوری می‌کند تنها تغییر واقعی از درون انسان‌ها آغاز می‌شود و نصیب هر انسانی از خوبی و بدی در این دنیا تنها به تمرکز خود او بر خوبی و بدی بستگی دارد. تغییر در طرز تفکر و شرایط زندگی ما انسان‌ها، خوبی‌ها و بدی‌های دنیای ما را شکل می‌دهد. در این مسیر حتی شاید نیاز به دور شدن از محیط یا افرادی باشد که سدی بر سر راه پیشرفت و ترقی ما هستند. دنیا سال‌هاست بدین منوال بوده و خواهد بود، مگر آنکه ما تصمیم به تغییر

خود بگیریم و دنیای خود و اطرافیانمان را مملو از نیکی، عدالت و زیبایی کنیم که کوچک‌ترین نیکی در این دنیا بدون پاداش نخواهد ماند.

زهرا پدرام جعفری، بهار ۱۴۰۰

بخش اول

داستانهای قبل از مهاجرت

بخش اول این مجموعه، حکایاتی است از سال‌های زندگی نویسنده در ایران. برداشت شخصی او از حوادث پیرامونش و تأثیر روابط اجتماعی و آداب و رسوم نهادینه‌شده در زندگی روزانهٔ مردم بر رشد شخصیت و بالندگی فکری افراد.

آشپزخانهٔ باربی

دخترک طبع بلندی داشت، لاغراندام بود و باریک با چشمانی میشی، مژگانی بلند و تابدار، موهایی ژولیده و صاف به رنگ کهربا که تا سر شانه‌هایش می‌رسیدند و دیر زمانی بود بوسه‌های شانهٔ قرمز پلاستیکی مادرش را نچشیده بودند. دخترک طبع بلندی داشت و شاید هفت سالی سن. بلوز کهنهٔ خارجیِ آستین‌کوتاهِ پسرانه‌ای با تصویر ماشین‌های مسابقه، یادگارِ دوران تمول خانواده‌اش و متعلق به برادر بزرگ‌تر، همراه با شلوار لی تیره‌رنگی ساختِ میهن که درزهایش با نخ بدرنگ نارنجی به هم وصل شده بودند، بر تن داشت. دخترک طبع بلندی داشت و با لبخندی پر از رضایت در مقابل درِ فلزی بزرگِ کوچک‌ترین خانهٔ کوچهٔ بن‌بستِ زیبا در شمیران ایستاده بود.

خانهٔ اجاره‌ای کوچک بود و قدیمی با شیروانی. احتمالاً از اولین خانه‌های کوچهٔ بن‌بست. خانهٔ دوطبقهٔ قدیمی حیاطی نقلی و حوضی آبی‌رنگ داشت که هیچ‌وقت آبی نداشت و همیشه بوی نفت می‌داد. درختان گیلاس در دو طرف حیاط

کوچک قد برافراشته بودند و هر سال گیلاس‌هایی بی‌رنگ‌تر و کرمزده‌تر از سال قبل می‌دادند. دخترک کوچک بود و کفش‌های پلاستیکی به پا داشت؛ اما طبع بلندی داشت.

خانهٔ دختران همسایه در کوچهٔ زیبای اعیانی شمیران، بزرگ بود. یک در، در ابتدای کوچه و درِ دیگری در انتهای کوچه، با استخر، تاب بزرگ سفید، آیفون تصویری و درِ گاراژ اتوماتیک. تازه انقلاب شده بود و به‌علت شلوغی‌های سال ۵۷ پدر و مادر با فرزندان قدونیم‌قد مجبور به کوچ از محلهٔ شلوغی در مرکز تهران به محلهٔ خلوتی در شمیرانات شده بودند.

دخترک طبع بلندی داشت. از همه‌جا بی‌خبر بود. خوشحال بود و عاشق خانهٔ کوچک خالی از اثاثیه، درخت‌های گیلاس، بوته‌های گل رز همسایه و یاس‌های خانه‌های کوچهٔ اعیانی. دخترک طبع بلندی داشت و با افتخار در مقابل درِ آهنی بزرگ خانهٔ کوچک ایستاده بود. شاید هم به‌خاطر همین طبع بلند بود که به خانه‌های اعیانی دعوت می‌شد تا هم‌بازی دختران همسایه باشد. خانه‌هایی که در آن روزهای داغِ بعد از انقلاب درهایشان را به روی خیلی‌ها بسته بودند.

دختر زیبای همسایه چند سالی از او بزرگ‌تر بود. صورتی داشت سفید و گرد مثل قرص ماه، چشم‌هایی درشت و بادامی به رنگ سبز و موهای کوتاه ابریشمی به رنگ طلا. حتماً به پدر و خانوادهٔ پدری‌اش رفته بود. مادرش سبزه بود با موهای سیاه تابدار و لوندی‌ای خاص که حتی به چشم دختر هفت‌ساله هم می‌آمد.

هلن دختر همسایه که تاپ رکابی سبز با گل‌های ریز برجستهٔ قرمزرنگ بر روی سینه‌اش و دامن چهارخانهٔ اسکاتلندی قرمز و سبز بر تن داشت، از پشت نرده‌های سفید خانهٔ اعیانی صدایش می‌زد. هدی لبخندزنان به سمتش دوید و بر لبهٔ دیوار نرده‌ای نشست، که نیم متری با زمین فاصله داشت و حیاط کوچک جلوی خانهٔ بزرگ اعیانی را احاطه کرده بود. دست‌هایش را به نرده‌ها گرفت و صورتش را نزدیک‌تر برد. هلن دختر زیباروی و متمول با لباس‌های خارجی مد روز و صندل دخترانهٔ چرمی سفیدش از پشت نرده‌های سفید مثل زندانی کوچکی بود که برای تنفس صبحگاهی و معاشرت روزانه به حیاط کوچک زندان فرستاده شده بود. هلن پرسید: «اسباب‌بازی جدیدم رو دیدی؟ پدرم برام از آلمان آورده.»

پدر هلن تاجر بود و نیمی از سال در سفر و هدی تنها یک یا دو بار از نزدیک ملاقاتش کرده بود. صورتی گرد و سفید داشت با عینک و سبیل و ریش جوگندمیِ پرفسوری. مرد مهربانی بود و همیشه با هدی با مهربانی حرف می‌زد. یکی از دو باری که هدی او را دیده بود، وقتی بود که او را به همراه هلن با ماشین بنز سرمه‌ای‌رنگشان به مدرسه رسانده بودند. سر راه مدرسه برای هر کدامشان یک کیت‌کت و یک کتاب رنگ‌آمیزی خریده بود، هرچند هدی با آن طبع بلندش از گرفتن کادو در ابتدا خودداری کرده و وقتی هلن خواسته بود کتاب خودش را با او معاوضه کند؛ چون کتاب او عکس‌های قشنگ‌تری داشت، او حتی لحظه‌ای هم درنگ نکرده بود. طبع بلند باید ژنتیکی باشد، وگرنه چطور یک دختر هفت‌ساله بعد از آن روز ترجیح می‌دهد با پای پیاده به مدرسه برود و پشت درِ خانه آنقدر می‌ایستد تا از رفتن هلن

با پدر یا مادرش مطمئن شود و بعد از خانه بیرون می‌زند؟

طبع بلند حتماً ژنتیکی است.

هدی به خرس پولیشی مادر و بچه‌خرسی که در بغلش بر روی صندلی گهواره‌ای قهوه‌ای‌رنگ نشسته بودند، نگاهی کرد و گفت: «خیلی قشنگه.» هلن اسباب‌بازی را با آرامش بر روی زمین در آن طرف نرده‌ها گذاشت و دکمه‌اش را فشار داد. صندلی به آرامی تکان می‌خورد و ملودی‌ای کودکانه مانند لالایی پخش می‌کرد.

هلن به نظر می‌رسید هرچه می‌خواست داشت؛ ولی همیشه نگران بود، از چیزی نگران بود، از خراب شدن چیزی، از تمام شدن چیزی، از رخ دادن یک اتفاق یا یک حادثه. هنوز چند ثانیه‌ای نگذشته بود که هلن اسباب‌بازی را خاموش کرد و گفت: «باتریش تموم می‌شه.» بعد رو کرد به هدی و ادامه داد: «باید بیای یه روز خونمون تا بهت آشپزخونهٔ باربی‌هامو نشون بدم. خیلی قشنگه.»

هدی سری به علامت تأیید تکان داد و پرسید: «نمی‌آی دوچرخه‌سواری؟»

هلن با چشم‌هایی غمگین و لب‌هایی آویزان در جواب گفت: «مادرم اجازه نمی‌ده. ازش اجازه بگیرم تو می‌آی خونمون؟»

هدی با کمی تردید گفت: «اوم ... باید از مامانم بپرسم.»

هدی عاشق خانه‌های اعیانی کوچه بود با آن معماری‌های متفاوت و چشم‌نواز و باغچه‌های پر از گل. باسرعت به‌سمت خانه دوید تا از مادر اجازهٔ رفتن به خانهٔ همسایه را بگیرد. مادر سرگرم رسیدگی به برادرهای کوچک‌تر بود و مثل همیشه فرصتی برای هدی نداشت و ظاهراً به همهٔ همسایه‌ها اعتمادی بی‌چون‌وچرا!!

مادر با لحنی خسته و به‌تندی گفت: «می‌تونی بری، فقط دختر خوبی باش.»

دختر خوبی بودن وقتی دیگران بد هستند، کار آسانی نیست، اما هدی سری به علامت تمکین تکان داد، جَستی زد و از درِ حیاط به داخل کوچه دوید. مادر هلن با ربدوشامبری بنفش روی پله‌های طبقهٔ دوم در انتظار او ایستاده بود و هلن در کنارش لبخند بر لب، با دست به هدی اشاره می‌کرد که بیا. مادر هلن عجیب بود و مرموز درست مثل یک صندوقچهٔ پر از راز که با قفل و زنجیر بسته شده و کلیدش به کف اقیانوس انداخته شده بود. هدی کوچک بود؛ اما طبع بلندی داشت و روحی کنجکاو. او حس می‌کرد چیزی در مورد این زن با زن‌های دیگر در خانواده و فامیل او تفاوت داشت؛ اما چه چیزی نمی‌دانست. به‌آرامی جلو رفت و از پشت درِ نرده‌ایِ حیاط مؤدبانه سلام کرد.

مادر هلن گفت: «در بازه، بیا بالا.»

هدی از پله‌های سفید مرمری با چابکی کودکانه به‌سرعت بالا رفت و پشت سر هلن و مادرش از درِ چوبی قهوه‌ای تیره‌رنگِ ساختمان به داخل جهید. راهروی

ورودی خانه تاریک بود و به سالن نشیمن خانوادگی منتهی می‌شد. هلن با خوشحالی دست هدی را گرفت تا خانهٔ مجلل و اتاق‌های متعددش را به او نشان بدهد. به نظر می‌رسید که خانهٔ پر از مقرراتی بود. خانه پر بود از سوراخ‌سُنبه، مجسمه‌های قیمتی بعضاً در سایز واقعی و مبلمان طلایی فرانسوی با روکش‌های مخملی زرشکی. هدی حس یک زندانی کوچک را در زندانی بزرگ و زیبا داشت. بالاخره وارد اتاق کوچک هلن شدند که با یک تخت، پاتختی، دکوری سفیدرنگ و کمد دیواری تزیین شده بود. دکور سفید پر بود از کتاب و اسباب‌بازی‌های جورواجور.

هلن آشپزخانهٔ باربی زیبایی را که مثل ماکت کوچک یک آشپزخانهٔ واقعی با کابینت، سینک ظرف‌شویی، یخچال و ماشین لباس‌شویی بود از داخل کمد بیرون آورد و بر روی پاتختی گذاشت. سپس با آب‌وتاب شروع کرد به حرف زدن: «این لوله‌های لاستیکی رو می‌بینی این زیر؟ از اینا آب می‌آد تو این سینک، الان خراب شده» بعد درِ یخچال را باز کرد و ادامه داد: «تو این یخچال کلی چیزای کوچولو بود؛ مثل کرهٔ کوچولو و بطری آب.»

هلن بی‌وقفه حرف می‌زد و هدی بین باور و ناباوری، هاج و واج به او و آشپزخانهٔ باربی‌اش زل زده بود. هدی نمی‌دانست حرف‌هایی که می‌شنود راست است یا دروغ. او فقط با ذوق به ماکت آشپزخانه نگاه می‌کرد و در فکر بازی‌های کودکانه‌ای بود که با این اسباب‌بازی بی‌نظیر می‌توانستند بکنند؛ اما هلن حوصلهٔ بازی نداشت. در همین حین برادر کوچک‌تر هلن که از خواب بیدار شده بود، با چند

پرش و حرکت عجق‌وجق پرید وسط اتاق. او که با دیدن هدی هیجان‌زده شده بود به دنبال یک اسباب‌بازی، آویزان دکور سفید اتاق شد. دکور به‌سمت جلو کج شد و در حال افتادن بود که مادر هلن با شنیدن صدای جیغ او به‌سمت اتاق آمد و درست به‌موقع جلوی افتادن دکور را گرفت. همه‌چیز با سرعتی وصف‌ناپذیر اتفاق افتاد. هدی نفسش بند آمده بود و هنوز با آن مغز کودکانه‌اش در حال تجزیه و تحلیل شرایط بود که ناگهان مادر هلن با کمربندی چرمی که معلوم نبود از کجا یکهو سروکله‌اش پیدا شده بود، به جان پسر کوچک افتاد. دخترک ترسیده بود. غم، ترس و خجالت در چهرهٔ کودکانهٔ هلن و برادرش آزارش می‌داد. لحظه‌ای صبر کرد تا مادر هلن و برادرش از اتاق خارج شدند، سپس سکوت راشکست و گفت: «من دیگه باید برم.»

هدی آن شب با آب‌وتاب جریان را برای مادرش تعریف کرد. شاید برادر بزرگ‌ترش هم آنجا بود. حتماً بود وگرنه از کجا می‌دانست که هدی عاشق آن آشپزخانهٔ باربی شده است. حتماً بود و او را مسخره کرده و گفته بود: «دوستت سر کارت گذاشته.» برادرش هفت سالی از او بزرگ‌تر بود، شاید پول توجیبی می‌گرفت هرچند ناچیز که پول‌هایش را جمع کرده و تولد هدی برایش سینک سبز پلاستیکی ساخت وطن با آینه خریده بود. با چه ذوق و شوقی کادوی تولدش را به او داد به امید آن‌که جای آشپزخانهٔ باربی را برای او پر کند؛ اما سینک سبز پلاستیکی لوله‌های آب نداشت، دری نداشت تا باز و بسته شود و بازی‌های کودکانه را هیجان‌انگیز نمی‌کرد. هدی طبع بلندی داشت، ولی آن روز نفهمید که برادرش هم طبعش بلند

است و هم دلش بزرگ که برای خوشحالی او از خوشحالی خودش گذشته و پول ناچیز توجیبی‌اش را برای کادوی تولد او خرج کرده بود تا او در حسرت داشتن اسباب‌بازی دختر همسایه نباشد. شاید هدی نفهمید، ولی حتماً حس کرده بود؛ چون تمام سال‌های نوجوانی و خاطرات تلخ پسرسالاری را همین محبت‌های کوچک دوران بچگی‌شان برای او قابل تحمل کرده بود. دخترک طبع بلندی داشت و تا سال‌ها کاستی‌های زندگی‌اش را پشت طبع بلندش پنهان کرده بود.

پدربزرگ

پیرمرد کمی خمیده بود و شکمی بزرگ داشت. موهای کم‌پشت و ریش و سبیل پرپشتش به سفیدی برف بودند. کت و شلوار سرمه‌ای و پیراهنی سفید بر تن داشت و کلاه قدیمی بی‌لبهٔ سیاهی بر سر. دماغ قوزدار و کمی بزرگش چیزی از جذابیت چهرهٔ آرامش کم نکرده بود و اگرچه به نظر می‌رسید کفش‌های مشکی قدیمی اما واکس‌خورده و تمیزش کمی تنگ بود و پاهایش را آزار می‌داد؛ ولی او همچنان بی‌شکوه و شکایت و آرام با تکیه بر عصای چوبی و قدیمی‌اش قدم‌های ریز و کوچکی برمی‌داشت. پسر جوان از وقتی به خاطر داشت پدربزرگ به همین شکل و شمایل بود. سال‌ها بود که مادربزرگ دار فانی را وداع گفته و پدربزرگ بی‌سروهمسر مانند کولیان خانه‌به‌دوش در خانهٔ فرزندان، نوه‌ها، دوست و فامیل زندگی می‌کرد. پدربزرگ شوخ‌طبع بود، عاشق زندگی و دوستانش و به روایتی مردم‌دار. هرکه نسبتش از او دورتر بود، تلاش او برای راضی کردنش بیشتر و بیشتر. بی‌خود نبود که در مراسم ختم پدربزرگ، قسمت مردانهٔ مسجد فخرالدوله سه بار پر و خالی

شد.

پسر جوان از زیر چشم نگاهی به پدربزرگ انداخت که سعی می‌کرد قدم‌های ریز و کوچکش را به‌سختی با قدم‌های بلند و آرام او هماهنگ کند. پسر قدم‌هایش را آرام‌تر کرد، به نیمکتِ سبزرنگِ پارک در نزدیکی‌شان اشاره کرد و پرسید: «آقاجون می‌خواین یه کمی بشینین؟» پدربزرگ سری به علامت نفی تکان داد.

پسر به‌آرامی در کنار پدربزرگ بدون کلامی حرف به راه رفتن ادامه داد. پدربزرگ شوخ‌طبع بود و بذله‌گو. با وجودی که سواد مکتب‌خانه‌ای بیش نداشت؛ اما شعر می‌گفت. بعضی از شعرهای فکاهی و تکه‌کلام‌های او ورد زبان دوست و آشنا بود و باعث خنده و شعف:

ای کـه بـه در لـگـد زدی	یـه شیشه بـه مـا ضرر زدی
ایـن دیگه چه‌جور راه رفتنه	مـگـه تـو کـمـر فـنـر زدی

پسر حتی یک‌بار هم از پدربزرگ کلامی گرم و محبت‌آمیز نشنیده و یا هدیه‌ای از او نگرفته بود. پدربزرگ ساعت‌های طولانی بیکاری‌اش را با درست کردن کاردستی پر می‌کرد و پسر وقتی بچهٔ کوچکی بیش نبود، ساعت‌ها می‌نشست و کاردستی درست کردن پدربزرگ را با کاغذ باطله و مقوا تماشا می‌کرد؛ بدون این‌که اجازهٔ دست زدن به چیزی را داشته باشد. یک‌بار پدربزرگ یک ماشین کاغذی با شیشه‌های طلقی درست کرد که پسر عاشقش شد و وقتی از او پرسید: «آقاجون

می‌شه این مال من باشه؟» پدربزرگ در جواب گفته بود: «این مال دوستته.»

زمان جنگ بود و حراج‌های خانگی متداول. وقتی چند ماهی بعد پسرک به خانهٔ دوستش در تهران‌پارس رفت، ماشین کاغذی پدربزرگ را دید که در حراج خانگی آنها برچسب قیمت بیست تومانی خورده و شنیده بود که مادرش چطور با تمسخر آن شب داستان قیمت‌گذاری کاردستی پدربزرگ را برای اهل خانه تعریف کرده بود.

در خانهٔ آنها همیشه کاردستی‌های پدربزرگ سر از سطل آشغال درمی‌آوردند. شاید برای همین بود که پدربزرگ غریبه‌ها را بیشتر دوست داشت و شاید هم غریبه‌ها پدربزرگ را بیشتر دوست داشتند؛ چون او آنها را بیشتر دوست داشت!

پدربزرگ که دیگر به نفس‌نفس افتاده بود رو به پسر جوان کرد و با صدای بلند و لحن طلبکارانهٔ همیشگی‌اش گفت: «مرتیکه برو یه چیکه آب برا من بگیر بیار.» پسر جوان لبخندی زد و گفت: «چشم آقاجون شما پس یه دقه رو این صندلی بشینین تا من برگردم» و بعد با قدم‌های بلند به‌سرعت به‌سمت دکهٔ اغذیه‌فروشیِ وسط پارک به راه افتاد.

پدربزرگ مرد بی‌حاشیه‌ای بود. مدت‌ها می‌شد که سیگار را ترک کرده بود و هرگز لب به مشروب نمی‌زد. نماز و روزه‌هایش همیشه به‌جا بود و بعد از مرگ خانجون هیچ زنی در زندگی‌اش جایی نداشت. پسر خیلی دلش می‌خواست یک‌بار

رک و روراست از آقاجون بپرسد که چه‌جوری سی سال بدون رابطهٔ جنسی زندگی کرده؟

وقتی پسر با کیسه‌ای پر از آب‌معدنی، آب‌میوه و کیک و بیسکویت برگشت، پدربزرگ لبخند بر لب با زن نسبتاً جوان و زیبایی که با دختر کوچکش در کنارش نشسته بودند، خوش و بش می‌کرد. لبخند شیطنت‌آمیزی بر لبان پسر جوان نقش بست و با خودش فکر کرد: «شاید آقاجون همچین بی‌حاشیهٔ بی‌حاشیه هم نیست.» و درحالی‌که کیسهٔ پلاستیکی را کنار پدربزرگ بر روی صندلی می‌گذاشت، سلامی محترمانه به زن جوان کرد و به دختر کوچولو که روی پای مادرش نشسته بود، لبخندی زد. زن جوان هم در جواب لبخند ملایمی زد و گفت: «سلام، ماشالله حاج‌آقا خیلی خوش‌مشرب هستن.»

در راه مسیر برگشت به خانه با ماشین پراید سفیدرنگ و جدیدِ پسر جوان، پدربزرگ با انگشت به ضبط ماشین که در حال پخشِ آهنگ‌های پاپ جوان‌پسند بود، اشاره‌ای کرد و گفت: «این دری‌وَریا چیه. هایده‌ای، مهستی‌ای، سوسنی چیزی نداری بذاری؟» پسر جوان سی‌دی صوتی‌ای را که روی آن نوشته شده بود آهنگ‌های قدیمی از داشبورد بیرون کشید و گفت: «تو این باید هایده و مهستی باشه. سوسن دیگه خیلی قدیمی شده آقاجون. کی آخه سوسن دیگه گوش می‌ده!»

پدربزرگ با آرامش گفت: «شما کره‌خرا چی می‌فهمین موسیقی چیه؟» پسر خندید و صدای آرام و غم‌انگیز هایده که شعر «قصهٔ من» از لیلا کسری را می‌خواند

از ضبط ماشین پخش می‌شد:

مثل باد سرد پاییز   غم لعنتی به من زد

حتی باغبون نفهمید   که چه آفتی به من زد

رگ و ریشه‌هام سیاه شد   تو تنم جوونه خشکید

اما این دل صبورم   به غم زمونه خندید

چیز غریبی بود، اما خندیدن به حرف‌های ماهیتاً توهین‌آمیز پدربزرگ خیلی آسان‌تر از به دل گرفتن و ناراحت شدن از او بود.

پدربزرگ به‌آرامی پنجرهٔ ماشین را کمی پایین داد. باد ملایم و کمی خنک پاییزی به داخل ماشین وزید و موهای صاف و سفید پیرمرد را آشفته کرد. پدربزرگ دست راستش را به‌آرامی بالا برد و تارهای پراکندهٔ موهای سفیدش را دوباره به کف سرش چسباند، با چشمان ریزش به جلو اشاره کرد و گفت: «چه خبره ... چقدر شلوغه ... اینجاها همه بیابون بودا ... مردم با سنگ انداختن اینجاها زمین می‌خریدن.»

پسر همان‌طور که سعی می‌کرد بدون زیر گرفتن عابران پیاده که بی‌پروا در وسط ماشین‌ها می‌لولیدند از میدان ونک وارد خیابان ملاصدرا شود، خندهٔ شیطنت‌آمیزی کرد و گفت: «همین دیگه آقاجون، اگه اون موقع شما چهار تا تیکه زمین

اینجا خریده بودین، ما الان میلیونر بودیم.»

آقاجون در جواب با صدایی که مثل تشر زدن بود، گفت: «من می‌خریدم که تو کیفشو کنی مرتیکه؟ من همون موقع صد تومن داشتم دست خانجون خدابیامرزو گرفتم بردم یک ماه مشهد، خیلی هم خوش گذشت.»

پسر ساکت شد و به فکر فرو رفت و صدای آرام و غمگین هایده بلندتر از قبل در فضای ماشین پراید کوچک سفید پیچید:

مـن بـه لحظۀ شکستن	اگـه نـزدیک اگـه دورم
از تـرحـم تـو بـیـزار	مـن خودم سنگ صبورم
آسمون تیشه‌ت شکسته	من دیگه رو پام می‌مونم
مـنو از تـنـم بـگـیـری	تـو تـرانـه‌هـام می‌مونم

پدربزرگ فقیر نبود، اما نه نه مِلکی داشت، نه پس‌اندازی و نه حتی حقوق بازنشستگی. پسر حتی یک‌بار هم ندیده بود پدربزرگ از پول حرف بزند یا مقابل او از کسی پولی بگیرد. در ذهنش صدای طلبکارانۀ پدربزرگ را می‌شنید که یکی از فرزندانش را مورد خطاب قرار می‌دهد: «مرتیکۀ / زنیکۀ بی‌شعور یه ذره پول بذار تو جیب من.» و از این فکر لبخندی بر لبانش نشست. به یاد آن روز گرم خردادماه افتاد که برای بازگشت از مدرسه با مینی‌بوس‌های فیات مسافرکشی که در مسیر

سر یخچال تا چهارراه پاسداران کار می‌کردند پول کافی نداشت و مجبور شد از باجهٔ تلفن عمومی زردرنگِ سر خیابان یخچال به خانه‌شان زنگ بزند. شانس آورد که آن روز پدربزرگ در خانهٔ آنها بود و تلفن را جواب داده بود. در آن روزها از موبایل خبری نبود. پدربزرگ در خانه تنها بود و نتوانسته بود کسی از اهل خانه را پیدا کند پس خودش شال‌وکلاه می‌کند، ماشینی با راننده از آژانس میدان حسین‌آباد کرایه می‌کند و او را از مدرسه برمی‌دارد.

دیگر به نزدیکی‌های خانه رسیده بودند. خانهٔ آنها یکی از بی‌مقررات‌ترین خانه‌هایی بود که پسر می‌شناخت و عاشق این بی‌مقرراتی بود. او می‌دانست که پدربزرگ هم مثل او عاشق این بی‌مقرراتی است. کسی در خانهٔ آنها به پدربزرگ نمی‌گفت که چرا شب‌ها بیدار است و روزها می‌خوابد. مادرش می‌گفت پدربزرگ از مردن در تاریکی شب می‌ترسد!

کسی در خانهٔ آنها خوراک و تغذیهٔ پدربزرگ را کنترل نمی‌کرد؛ حتی بعضی روزها اهل خانه دم‌پختک پرروغن و شفتهٔ دست‌پخت پدربزرگ را با تمایل و البته با کمی ترشی می‌خوردند و خدا رو شکر می‌کردند که کسی در خانه بوده تا آنها را از گرسنگی نجات دهد.

کسی در خانهٔ آنها به پدربزرگ نمی‌گفت که چرا تمام روز جانماز و سجاده‌اش وسط سالن پذیرایی پهن است و او گاهی چرت نیم‌روزش را هم همان وسط روی جانماز می‌زند. با همهٔ اینها هیچ‌کس نمی‌دانست که کِی پدربزرگ از خانهٔ آنها و خود

آنها خسته می‌شود و راهی خانهٔ دیگری!

وقتی پدربزرگ مرد، مادرِ پسر برگهٔ کوچک، قدیمی و رنگ‌ورورفته‌ای را که چهارتا شده بود، از لای کیف پولش پیدا کرد. برگهٔ کاغذیِ کوچک و زهواردررفته‌ای با عکس فوری سیاه و سفیدِ سه‌درچهارِ مرد جوانِ خوش‌چهره‌ای چسبانده شده به آن که پیراهن رنگ روشن یقه‌آخوندی و کتی تیره و مرتب بر تن داشت. موهای سرش کوتاه و به قول قدیمی‌ها آلاگارسون بود و نگاهش آرام و معمولی. مادر با تعجب عکس را به‌سمت پسر گرفت و گفت: «عکس جوونی‌های آقاجون!» و با لبخندی بر کنج لبانش ادامه داد: «این کارت معافی آقاجونه ... فکر کنم همیشه تو جیبش نگه می‌داشته تا مبادا ببرنش سربازی.»

مادر همیشه می‌گفت: «پدربزرگ ترسو بود. از دندان‌پزشکی می‌ترسید و زمان انقلاب از داخل صندوق‌خانه الله اکبر می‌گفت.»

شاید به همین خاطر بود که از وقتی پسر یادش بود، پدربزرگ بی‌دندان بود. خدا می‌داند چند بار در بچگی آرایشگر و دلاک محله بدون بی‌حسی دندانش را کشیده بودند.

کاغذ نازک بود و شکننده و دو برابر سایز کارت‌های معافیت جدید. قسمت‌های تاخورده به‌زور چسب نواری‌ای که مدت‌ها پیش چسبندگی‌اش را از دست داده بود، در کنار هم نگه داشته شده بودند. در بالای کاغذ آرم شیر و خورشید شاهنشاهی

دیده می‌شد و در زیر آرمِ نوشته شده بود: «وزارت جنگ.» تاریخ صدور کارت سال ۱۳۱۳ هجری شمسی بود؛ یعنی چهار سال قبل از جنگ جهانی دوم. پسر با تعجب به تکه‌کاغذِ زهواردررفته‌ای که برای اولین‌بار در عمرش می‌دید، نگاه می‌کرد:

آدرس محل سکونت: عودلاجان

با تعجب از مادرش پرسید: «عودلاجان کجاست؟»

مادرش در جواب گفت: «محله‌ای قدیمی پشت بازار تهران.»

محلهٔ عودلاجان یکی از محله‌های قدیمی و اصیل تهران است که در گذشته در کنار سنگلج، ارگ، بازار، محلهٔ بازار و چال‌میدان یکی از کلان‌محله‌های تهران به شمار می‌رفت و در عهد ناصری محل سکونت تعداد زیادی از رجال و اعیان قاجاری بوده است. عودلاجان از دو واژهٔ «عود» و «لاجی» تشکیل شده که به‌دلیل قرار داشتن بازار عطاران در این منطقه به این نام معروف شد. این محله شامل محله‌های کوچک‌تری بود که در آنها اقوام و ادیان و مهاجران مختلفی در کنار هم زندگی می‌کردند. یکی از محله‌های عودلاجان محل زندگی یهودیان یا کلیمیان بود. این محله به محلهٔ کلیمیان معروف بود و به‌دلیل وجود چاله‌ای در وسط آن به آن سرچال نیز می‌گفتند و بچه‌های آن را بچه‌های سرچال صدا می‌کردند. محلهٔ عرب‌ها نیز در گوشهٔ شمال غربی محلهٔ عودلاجان قرار داشت. برخی نیز نام این

محله را تلفظ «عبدالله‌جان» به لهجهٔ کلیمیان دانسته‌اند.۱

و پسر برای اولین‌بار اسم این محله را می‌شنید.

دوباره به عکس مرد جوانی که از میان برگهٔ کهنه و قدیمی به او خیره شده بود نگاه کرد و به یاد آن پیرمرد خمیده‌ای افتاد که در آن روز مطبوع پاییزی همراهش بود؛ به آن پیرمردی که تمام کودکی‌اش بارها کنار او نشسته و کاردستی درست کردنش را تماشا کرده بود؛ همان پیرمردی که شعرهای فکاهی‌اش ورد زبان فامیل بود و شعرهای جدی‌اش راهی سطل آشغال. مادرش عادت داشت غلط‌های املایی او را همیشه به روی‌اش بیاورد، آن هم در مقابل نوه‌ها. پسر درمورد زندگی پدربزرگ خودش کمتر می‌دانست تا فلان هنرپیشهٔ معروف هالیوودی.

رو به مادر کرد و پرسید: «نمی‌تونم علت معافی رو بخونم. چی نوشته؟»

مادردر جواب گفت: «نوشته کفالت.»

پسر شنیده بود که پدربزرگ، پدرش را هرگز ندیده بود. قبل از این‌که پای به این دنیا بگذارد، پدرش که می‌گفتند مرد پیری بوده، در راه سفر به اصفهان از گاری

می‌افتد و دار فانی را وداع می‌گوید!

مادرش مجدد ازدواج می‌کند و شوهر دوم او هم او را خیلی زود با دو بچهٔ قدونیم‌قد تنها می‌گذارد و از این دنیا می‌رود. پدربزرگ که در زمان از دست دادن ناپدری‌اش هشت سالی بیشتر سن نداشته، می‌شود کمک‌دست مادر و نان‌آور خانواده و شاگرد این کاسب و آن کاسب.

پسر مکثی کرد و لحظه‌ای دیگر در سکوت به برگهٔ معافیت نگاهی انداخت و گفت: «تو این عکس بیست و یک سال بیشتر نداره. زن و بچه داشته؟»

مادر به فکر فرو رفت و گفت: «نه. کفالت مادر، خواهر و برادر ناتنیش رو داشته. یک سال بعد با خانجون ازدواج می‌کنه که بیوه بوده و یه دختر شش‌ساله داشته.»

پسر به خاطر آورد وقتی شش‌ساله بود، یک شب مادرش به پدرش گفته بود: «حال شاه‌باجی خوب نیست. کنترلی روی ادرار و مدفوعش نداره و دچار فراموشی شده. آقام خیلی ناراحته. می‌خواد خودش ازش مراقبت کنه؛ ولی جایی رو نداره که ببرتش.» پدر پس از کمی سکوت، رو به مادر کرد و گفت: «چرا نمی‌یارنشون اینجا. اتاق کوچیک بالا رو براشون آماده می‌کنیم.»

پدربزرگ پیرزنی کوچک و نحیف، اما خوش‌رو و دلنشین را به خانهٔ آنها آورد که می‌گفتند مادرِ پدربزرگ بود و شاه‌باجی صدایش می‌کردند. برایش تخت

مخصوصی ساخته بودند که سوراخی در وسط آن تعبیه شده بود و هیچ‌کس جز پدربزرگ اجازهٔ رفع و رجوع کردن کارهای شخصی او را نداشت. به خاطر آورد ساعت‌های طولانی را که با خواهرش در آن اتاق بازی می‌کردند و با شاهباجی حرف می‌زدند. اصلاً به خاطر نداشت چه می‌گفتند و چه می‌شنیدند؛ ولی خوب به خاطر داشت که در یکی از آن روزها پدربزرگ که ناراحت و اخمو به نظر می‌آمد، او را که اصرار داشت در اتاق بماند و با شاهباجی بازی کند، از اتاق بیرون کرد و گفت: «شاهباجی می‌خواد بخوابه.» و او دیگر هیچ‌وقت شاهباجی را ندید.

خاطرات گذشته جَسته‌وگریخته به سراغش آمده بودند و رهایش نمی‌کردند. به یاد آن روزی افتاد که همه به حرف آقاجون خندیده بودند وقتی به مزاح گفته بود: «این مرضیه همچین منو نگاه می‌کنه انگار شوهر ننه‌اش رو دیده.»

مرضیه خواهر ناتنی مادر بود. همان دختر شش‌ساله‌ای که خانجون از ازدواج اولش داشت. خالهٔ ناتنی‌ای که پسر تا سال‌ها نمی‌دانست پدربزرگْ پدرش نبود و سال‌های کودکی‌اش در خانهٔ اقوامِ پول‌دار، دور از مادرش سپری شده و خیلی زود ازدواج کرده بود. خاله حتی با پدربزرگ با هم به سفر حج هم رفته بودند.

پسر همچنان برگه را در دستش نگه داشته و به آن زُل زده بود. بر روی برگه تنها سال تولد پدربزرگ نوشته شده بود و پسر به یاد نداشت کسی برای پدربزرگ هیچ‌وقت تولدی گرفته باشد. از مادر پرسید: «این اسم پدرشه یا ناپدریش؟»

مادر پاسخ   داد: «اسمِ پدر خودشه، ولی فامیلیِ ناپدریش. وقتی رضاشاه شناسنامه داشتن رو اجباری می‌کنه، ناپدریش برای همشون به اسم خودش شناسنامه می‌گیره.»

چیز غریبی بود. پسر هیچ‌وقت نشنیده بود پدربزرگ از سختی‌های زندگی‌اش بگوید؛ از سال‌های گرسنگی جنگ جهانی دوم که بیست و پنج سال بیشتر سن نداشت و کم‌وبیش مسئول زندگی شش نفر بود، از بی پدر بزرگ شدن و سنگ صبور مادر بودن.

پسر با تعجب از مادر پرسید: «آقاجون هیچ‌وقت درمورد جنگ جهانی دوم با شما حرف نزده بود؟»

مادر گفت: «نه خیلی، فقط یک‌بار گفت اونا (متفقین) که اومدن رد بشن، اینجا قحطی شد. کلی مردم از گرسنگی مردن. می‌گفت اونایی که پول داشتن دیگ‌های عدس‌پلو و دم‌پختک سر کوچه‌ها به مردم می‌دادن.»

پدربزرگ سال‌ها در خرقهٔ کسبه‌گی کار کرده بود؛ اما هیچ‌وقت کاسب خوبی نبود، اگرچه دوستان کاسب‌کارِ خوب کم نداشت. پسر همیشه دوست داشت با پدربزرگ به مغازهٔ قنادی حاج‌حسن برود. همه پدربزرگ را در مغازهٔ قنادی حاج‌حسن

دوست داشتند و به او بُردهای۱ خوشمزهٔ شکلاتی و شیری می‌دادند.

مادر آهی کشید و رشتهٔ افکار پسر پاره شد. سرش را از روی برگه بلند کرد و به مادرش نگاه کرد که تکه‌کاغذی را از وسط قرآن پدربزرگ بیرون می‌کشید. مادر با چشمانی پر از اشک دستش را که برگه در آن بود به‌سمت او دراز کرد.

دنـیـای خیـال پـرورانـی

در پـیـری و روز نـاتـوانـی

ایـن فکر و خـیـال بی‌صمر۲ را

پـرواز دهـم بـه دار فـانـی

روزی که گذشته‌ست ز عمرم

بی‌بـحـره۳ ز بـار نـوجـوانـی

۱نوعی شکلات به شکل صدف که در دههٔ پنجاه و شصت با نام بُرد و به‌صورت فله می‌فروختند

۲بی‌ثمر

۳بی‌بهره

می‌میـرم و می‌روم ز دنیـا

یـک ذرهٔ خـاک، بی‌نـشـانـی

پسر آخرین شعر پدربزرگ را می‌خواند و درحالی‌که سعی می‌کرد جلوی فرو

ریختن قطرات اشکش را بگیرد، زیر لب گفت: «پدربزرگ شاعر بود.»

خاله‌جان

خاله‌جان سنی نداشت، فقط زود شکسته شده بود. صورت گرد و سفیدش پر از چروک بود و همیشه چارقد سفیدی بر سر داشت که با سنجاق‌قفلی زیر گلویش کیپ شده و موهای کوتاه مجعد و سفیدش را با آن هایلات‌های مشکی خدادای می‌پوشاند. خاله‌جان چشم‌های ریزی داشت که زیر عینک کائوچویی قهوه‌ای مثل دو خط باریک بودند و ابروهای مشکی هلالی که چند سالی می‌شد دیگر به خودش زحمت برداشتن‌شان را نمی‌داد. بینی‌اش در مقایسه با بینی بقیۀ اعضای خانواده کوچک بود و قلمی، و لب‌های باریک و صورتی‌رنگش لجوج و یک‌دنده بودن صاحبش را فریاد می‌زد. می‌گفتند چشم‌های خاله‌جان از گریۀ زیاد کم‌سو و کوچک شده‌اند. وقتی دخترک کوچکی بودم عادت داشتم عینک بزرگ خاله‌جان را از روی چشم‌هایش بدزدم، به چشمانم بزنم و وانمود کنم گودال‌های فرش قرمز اتاق مهمان‌خانه واقعی هستند، و فریادهای خاله‌جان را که می‌گفت: «پدرسوخته عینک منو کجا بردی؟» کاملاً نادیده بگیرم. آن وقت بود که مادرم از راه می‌رسید، عینک

را از چشمانم برمی‌داشت و می‌گفت: «عینک خاله رو چرا برداشتی؟ چشمات ضعیف می‌شن.» بعد با گوشهٔ پیراهن نخی‌اش عینک را تمیز می‌کرد، به‌سمت خاله‌جان می‌رفت که گوشهٔ اتاق چهارزانو نشسته بود و بادمجان‌دردست منتظر عینکش بود و می‌گفت: «بفرمایین آبجی‌جان.»

خاله‌جان خوشمزه‌ترین خورشت‌های بادمجان را درست می‌کرد. آن روزِ گرم اواخر خردادماه هم که من سال چهارم دبیرستان بودم و باید برای امتحانات آخر سال آماده می‌شدم؛ خاله‌جان کنار من در هال کوچک، بر روی کاناپهٔ صورتی زمختی که برای آپارتمان ما کمی بزرگ بود، نشسته بود و بادمجان پوست می‌کند. قرار بود خاله‌جان دو شب در خانهٔ ما بماند تا من که همهٔ خانواده‌ام وسط امتحانات آخر سال هوس شمال رفتن به سرشان زده بود، در خانه تنها نمانم. خاله‌جان پیرتر شده بود و پرچروک‌تر. چارقد سفیدش را از سر برداشته و موهای کوتاهش را که دیگر سیاهی در آنها دیده نمی‌شد و به‌سختی تا سر شانه‌هایش می‌رسیدند، پشت گوش‌هایش زده بود. گوشواره‌های یاقوت قدیمی درشت با قاب طلای زردرنگ به نظر سنگین می‌آمدند و لالهٔ گوش‌های خاله‌جان و سوراخ گوشش را از آنچه باید باشد، بلندتر کرده بودند.

هوا گرم بود و مسئول موتورخانهٔ فاز هنوز فن‌های آپارتمان‌ها را به کار نینداخته بود. پنجره‌ها باز بودند و نسیم آرام و خنکی به داخل می‌وزید و تحمل گرما

را کمی آسان‌تر می‌کرد، اما من نمی‌توانستم تمرکز کنم و درس بخوانم. دلم می‌-
خواست همراه خانواده‌ام در کنار دریای خزر بودم و نسیم دریا بر صورتم می‌وزید.
آهی کشیدم و کتابم را بستم و گفتم: «اه ... نمی‌تونستن یه کم صبر کنن تا امتحانات
من هم تموم می‌شد. چقدر آخه اینا بی‌فکرن.» خاله‌جان لبخندی زد و گفت: «اشکال
نداره حالا... پاشو بریم آشپزخونه نشون من بده رب گوجه کجاست.». با بی‌میلی
کتابم را روی میز چوبی قهوه‌ای رنگِ وسط هال انداختم و به سمت آشپزخانه که
درش دو قدم بیشتر با میز وسط هال فاصله نداشت، به دنبال خاله‌جان به راه افتادم.

آشپزخانهٔ آپارتمان سه‌خوابهٔ ما با آشپزخانهٔ زیرزمینی خانهٔ قدیمی خاله‌جان که
پله‌های بلند و قطور و سقف کوتاهش نفس آدم را می‌برید، خیلی فرق داشت. به
سبک اروپایی ساخته شده و پشت درِ ورودی آن کمدی به شکل پنتری تعبیه شده
بود که مادرم وسایل برقی و خوردوخوراک غیریخچالی را آنجا قرار می‌داد.

با طمأنینه و بی‌حوصلگی قوطی ۸۰۰ گرمی رب مهرام را از روی قفسه
برداشته و با دربازکن دستی استیل به جان قوطی افتادم که ناگهان یادم آمد شاید
رب نصفه در یخچال باشد. درِ یخچال سفیدرنگ قدیمی بوشِ‌مان را که فریزر
همیشه پر از برفکش مادرم را عاصی کرده بود، باز کردم و قوطی رب کج‌وکوله‌ای
را که درِ فلزی‌اش تا نصفه باز شده بود، از وسط خرت‌وپرت‌های یخچال بیرون
کشیده و بدون حرفی روی کابینت بغل گاز گذاشتم.

خاله‌جان چنان نگاهی مشکوک به سر و پای قوطی کج‌وماوج کرد که من را

به خنده انداخت و گفتم: «نگران نباشین، رب سالمه، فقط درش باز بوده تو یخچال لایهٔ روش سفت شده.» خاله‌جان سگرمه‌هایش را درهم کرد و گفت: «وا ... از خواهر بعیده ... چرا نریخته تو شیشه رب‌ها رو آخه!» شانه‌هایم را بالا انداختم و خواستم انگشت اشاره‌ام را داخل قوطی رب کرده و کمی رب بخورم که خاله‌جان با چنگالی که در دست داشت روی دستم زد و گفت: «نکن خاله‌جان زشته.» بعد هم ادامه داد: «یا برو سر دَرسِت یا اگه می‌خوای اینجا وایسی حلب روغنو بده به من و زیر این گازم روشن کن.». ترجیح می‌دادم آشپزی خاله‌جان را تماشا کنم که مثل آفریدن یک اثرهنری بود تا این‌که مسائل همنهشتی ریاضیات جدید را حل کنم.

حلب روغن بزرگ لادن را از فر گاز بیرون آورده و با دو دست نگه داشتم تا خاله‌جان با قاشق دسته‌بلند چوبی توی ماهی‌تابه روغن بریزد. کار خاله‌جان که با حلب روغن تمام شد، روغن را سر جایش گذاشته و کبریتی برداشتم و زیر گاز قدیمی بوتان را روشن کردم، به کابینت ظرف‌شویی تکیه داده و بادمجان سرخ کردن خاله‌جان را تماشا کردم.

خاله‌جان با چنگال فلزی استیل کوچکی که روی دسته‌اش از بالا تا پایین گل‌های برجستهٔ ریز پنج‌پر بود، حلقه‌های گرد بادمجان را داخل ماهی‌تابه می‌انداخت که ناگهان صدایش با صدای جلزولز روغن قاطی شد: «خیلی کوچیک بودم که پدرم به رحمت خدا رفت. چیزی ازش یادم نمی‌آد. وقتی مادرم دوباره ازدواج کرد، من هفت سالم بود و بین خونهٔ دایی‌جان پیش خانوم‌بزرگم یا پیش دخترخاله‌هایم در

منزل خاله‌خانومم سرگردان بودم. اون سال، روز اول مهر، مادرم موهامو بافته، روبان زده و یونیفورم مدرسه‌ام رو تنم کرده بود که بفرستتم مدرسه ... . خیلی خوشحال بودم، اما خاله‌خانومم اومد و موهامو باز کرد و گفت که نباید دختر مدرسه بره. همین سواد مکتب‌خونه‌ای براش بسه.» سپس، آهی کشید و ادامه داد: «اما وقتی دخترای خودش به سن مدرسه‌رفتن رسیدن، اونا رو فرستاد مدرسه.»

خاله‌جان شصت و پنج سالی سن داشت، اگرچه پیرتر به نظر می‌رسید و هنوز خاطرهٔ اجحافی که در کودکی در حقش شده بود، آزارش می‌داد؛ اجحافی که شاید اگر محقق نشده بود، مسیر زندگی‌اش هم عوض می‌شد. فامیل دوری را به خاطر آوردم هم‌سن و هم‌دوره‌ای خاله‌جان و اهل تهران که ماما بود و همسر یک متخصص!

خاله‌جان ادامه داد: «زندگی بازی‌های خودش رو داره دختر جون ... . آدم از دو ساعت بعد خودش هم خبر نداره. سیزده سال بیشتر سن نداشتم، پسرعمه‌ام اومد خواستگاری، اما مادرم خدابیامرز دل خوشی از خواهرشوهر سابقش نداشت و نذاشت این وصلت سر بگیره، ولی بعد شوهرم دادن به یکی دیگه از اقوام پول‌دار پدری. یادمه چون کم‌سن‌وسال بودم برای گرفتن اجازهٔ ازدواج چادری سرم انداختن و بردنم دادگاه خانواده. قاضی دادگاه، بنده خدا یه نگاه ترحم‌آمیز از زیر عینکش بهم کرد و گفت: "چادرتو بزن کنار دخترجون ..." بعد هم سرشو انداخت پایین و پرسید: "خون‌ریزی ماهانتو که گرفتی؟" و قبل از این‌که من جوابی بدم یه برگه نوشت و داد

دست داییم.»

بارها شنیده بودم که زن‌های بخت‌برگشتهٔ خانواده‌ام در بچگی ازدواج کرده بودند و هر بار هم مثل وقتی خاله‌جان قصه‌اش را برایم تعریف می‌کرد شوکه، منزجر و متحیر شده بودم. مدام خودم یا بچه‌های کم‌سن‌وسال فامیل را به جای آنها مجسم می‌کردم و باور این‌همه حماقت و جهالت برایم سخت بود.

خاله‌جان همان‌طورکه آه می‌کشید وحرف می‌زد بادمجان‌ها را به‌آرامی در ماهی‌تابه زیرورو می‌کرد و حلقه‌های سرخ‌شدهٔ بادمجان را داخل دیس کوچک سفید گل‌سرخی می‌گذاشت: «چارده سالم بود که بچهٔ اولم رو باردار شدم.»

خاله‌جان سه پسر بزرگ داشت که هر سه ازدواج کرده بودند و زن و فرزند داشتند و به نظر نمی‌رسید رابطهٔ خوبی با هیچ‌کدام از آنها داشته باشد. شوهرش را هم سال‌ها پیش از دست داده بود و تنها زندگی می‌کرد. پیش خودم فکر کردم: «مادرش بچه‌سال ازدواج کرده، خودش هم بچه‌سال، احتمالاً دخترم داشت بچه‌سال شوهرش می‌داد.». به یاد خودم افتادم در چهارده سالگی وقتی فلان خانم‌جلسه‌ای در ختم انعامی برای پسرش دنبال دختر سفید و بور می‌گشت و یکی از خاله‌های نازنین آمار من بخت‌برگشته را که هنوز عادت ماهانه هم نشده بودم، برایش فرستاد. بعد هم در یکی از جمع‌های خانوادگی با صدایی بلند و افتخارآمیز از خانم‌جلسه‌ای می‌گفت و وضع مالی خوب پسرش و این‌که بنده در منزل پسر دست گل خانم، که زن گرفتن را با لباس خریدن اشتباه گرفته و سفارش رنگ و سایز داده بود، در

مضیقه نخواهم ماند. نفسم را با صدا از دهان و بینی‌ام بیرون دادم و خدا را شکر کردم دیر بالغ شده و از این بابت به عمه‌هایم رفته بودم؛ نه خانوادهٔ مادری، وگرنه الان در خدمت پسر قند عسل خانم‌جلسه‌ای بودم و در حال بچه شیر دادن. زیرلب گفتم: «قوم یأجوج و مأجوج.»

خاله‌جان سرش را بلندکرد، از بالای عینک کائوچویی‌اش نگاهی به من انداخت و گفت: «چی خاله‌جان؟»

یکهو به خودم آمدم و گفتم: «هیچی خاله‌جون فقط برام سؤاله، اگه شما خودتون دختر داشتین زود که شوهرش نمی‌دادین؟»

خاله‌جان سرش را دوباره پایین انداخت و چند حلقهٔ دیگر بادمجان خام در ماهی‌تابه ریخت. قطره‌ای از روغن داغ بر روی مچ دست راستم پاشید و پوستم را سوزاند. با دست چپم جای سوختگی را ماساژ دادم و کمی بیشتر از گاز فاصله گرفتم. «دختر دارم. یه دختر دارم که پنجاه ساله ندیدمش!»

سوختگی دستم را به‌کل فراموش کردم. دهانم از تعجب باز شد؛ اما صدایی از آن درنمی‌آمد. خاله‌جان ادامه داد: «هنوز حامله بودم که شوهر اولمو از دست دادم. سرطان داشت و به من نگفته بودن. یه روز نزدیکیای مرگش منو صدا کرد و گفت: "شمسی اینا منتظرن من بمیرم تو رو بگیرن برای برادرم. من راضی نیستم اگه زنش بشی."»

صدای خودم را شنیدم که متعجبانه می‌پرسید: «خاله‌جان این خدایی داستان زندگی شماست یا یه فیلم هندی؟»

صدای خندهٔ خاله‌جان از سنگینی فضای کوچک آشپزخانه کمی کاست و به من فرصت هضم حرف‌هایی را داد که برای اولین‌بار می‌شنیدم. پرسیدم: «خب، بعد چی شد؟»

«هیچی دیگه جونم برات بگه منم که جوون بودم و نمی‌تونستم زیر قولی که به آدم دم مرگ داده بودم بزنم، بعد مرگ آقاسید زیر بار ازدواج با برادرش که اتفاقاً طبیب هم بود، نرفتم. خانوادشم تو همون حموم زایمانم بچمو گرفتن ازمو دیگه‌م نذاشتن ببینمش ... منم دو سال بعدش با همون پسرعمه‌م که از اول دنبالم بود، ازدواج کردم و رفتم زیر دست یه مادرشوهر پولادزره و هفت تا خواهرشوهر.» کمی سکوت کرد. انگار خاطراتش را می‌جورید. بعد ادامه داد: «البته روزهای خوب هم با علی‌آقا خدابیامرز کم نداشتیم. مرد خوبی بود.»

گفتم: «ماشالله ... خدا بده برکت.»

خاله سکوت کرد و من را با کلی سؤال در سرم بین زمین و هوا رها کرد. همهٔ بادمجان‌ها یک‌دست و قشنگ سرخ شده بودند. خاله پرسید: «می‌خوای بادمجونا رو رب بزنم با نون بخوریم؟» گفتم: «بله ... هر جور راحت‌تره برای شما.» بعد هم ادامه دادم: «باز خوبه اون موقع دخترا به‌راحتی ازدواج دوم می‌کردن. الان که ازدواج اولم

خیلیا نصیبشون نمی‌شه. شایدم شما جنس مرغوب بودین رو دست می‌بردنتون.» و در فکر بودم که چطور مردان قدیمی داستانِ بکارت برایشان مهم نبوده، وقتی خاله‌جان خنده‌ای سر داد و گفت: «بسه پدرسوخته لودگی.»

قصهٔ خاله‌جان غم‌انگیز بود، به غم‌انگیزی فیلم‌های ایرانی که روانهٔ جشنواره‌های خارجی می‌شدند و کلهٔ من پر از سؤال‌های نپرسیده.

غذای‌مان را در هال، روی همان کاناپهٔ صورتی و میز چوبی قهوه‌ای‌رنگ در مقابل تلویزیون خوردیم. بادمجان‌های دست‌پخت خاله‌جان عجیب خوشمزه بودند و من خیال نداشتم با پرسیدن سؤال‌های ناراحت‌کننده خیال خاله را سر ناهار مکدر کنم، پس دیگر چیزی نپرسیدم تا موقع شستن ظرف‌ها.

«خاله‌جان می‌گم دخترتون الان چند سالشه؟ نمی‌دونه اصلاً شما مادرشین؟ سعی نکردین پسش بگیرین؟»

«الان باید پنجاه سالش باشه. برای خودش خانم دکتری شده. چرا، خیلیا رفتن، ولی ندادنش. نذاشتن ببینمش. ازم پنهونش کردن. بزرگ‌تر که شد با شهره، نوهٔ خال‌خانومم هم‌مدرسه می‌شه و اون بهش می‌گه تو مادر داری، ولی باور نمی‌کنه. نمی‌خواست منو ببینه ... می‌گه مادر من مرده!»

وای که چقدر سؤال داشتم؛ اما تا آمدم دهانم را باز کنم، خاله‌جان با لحن جدی گفت: «بسه دیگه خاله‌جان برو سر دَرسِت من خودم بقیهٔ کارا رو می‌کنم.»

به نظر می‌رسید خاله از به یادآوری گذشته خسته و فرسوده شده بود. با بی‌میلی به هال رفتم، کتابم را برداشتم و راهی اتاق کوچکم در انتهای راهرو شدم و دخترخاله‌ٔ هرگزندیده را به فراموشی سپرده و معادلات همنهشتی را کردم جایگزینش. آن روز و روز بعدش بی‌هیچ اتفاق هیجان‌انگیزی در سکوت گذشت و خاله‌جان به خانهٔ خودش بازگشت.

ده سال بعد از آن روز، خاله در خانهٔ نوه‌ها و عروس بزرگ بیوه‌اش درگذشت. قبل از آن بارها در بیمارستان بستری شد، یک شب از شب‌هایی که در بیمارستان لبافی‌نژاد بستری بود، شب را کنارش تا صبح ماندم، ولی هیچ‌کدام از سؤال‌هایم را از او نپرسیدم و هیچ‌وقت نفهمیدم اسم دختر خاله‌جان چی بود و آیا هیچ‌وقت حداقل او را از دور دیده بود یا نه!

زندگی خاله‌جان حتی غم‌انگیزتر شد وقتی پسر بزرگش را هم در حادثهٔ تصادف رانندگی از دست داد. در مجلس ختم پسرش آرام و بی‌حرف مثل یک مجسمه در گوشه‌ای نشسته بود.

آخرین‌باری که دیدمش خودم دختری داشتم پنج‌ساله و با خواهش و اصرار از همسرم که با ماندنم در بیمارستان مخالفت می‌کرد، خواسته بودم مواظب دخترمان باشد تا من لااقل سری کوتاه به خاله بزنم که در بیمارستان لبافی‌نژاد بستری بود. وارد اتاق پر از تخت بیمارستان دولتی که شدم خاله را دیدم روی تختی در نزدیکی پنجره نشسته و به بیمار تخت روبه‌رویی که دور و برش پر بود از ملاقاتی نگاه

می‌کند. در صورتش هیچ احساسی نبود و در جواب سؤالات من کم‌ترین عکس‌العمل ممکن را نشان می‌داد. تمام مدت کوتاهی که با عذاب وجدان و احساس گناه در کنارش بودم، حتی یک لبخند کوچک هم نزد، نگاهش خالی و مبهوت بود. خاله‌جان ذره‌ذره از درون در عین زنده بودن مرده بود.

پسر بد

پسر سرآمد تمام پسران بد دنیا بود. دور از چشم پدر و مادرش سیگار می‌کشید، مشروبات الکلی مصرف می‌کرد، قمار می‌کرد، با غیرمحارم سَر و سِر داشت و می‌گفتند با نیمی از زنان شهر هم‌بستر شده. پدرش کاسب اسپورسم‌داری بود که سواد آنچنانی نداشت و در شصت سالگی همچنان خوشتیپ، خوش‌هیکل و زورگو بود؛ یک خودشیفتهٔ واقعی. مادرش زن چاق، مریض و غمگینی بود که همیشه مطیعانه جانب شوهر را می‌گرفت و خرج کردن تمام پول‌های شوهر سرمایه‌دار و پوشیدن بهترین لباس‌های مارک‌دار دنیا هم حالش را خوب نمی‌کرد. دختر از بچگی پسر را می‌شناخت. همسایه بودند و سلام‌علیکی هم داشتند. پسر اگرچه ته‌چهرهٔ پدر را داشت؛ اما به خوش‌تیپی و خوش‌هیکلی پدر نبود و مدام به‌خاطر هیکل بدفُرمش یا در رژیم بود یا در باشگاه ورزشی.

پدر خودشیفته چنان خودش را عاری از عیب و نقص و همیشه محق می‌دانست که پسرش هم باورش شده بود بدون او هیچ است؛ به‌خصوص که مادر

سیاستمدار غمگین از ترس تنهایی و بی‌کسی یا از ترس از دست دادن زندگی مادی راحتش همیشه در دعواهای پدر و پسر طرف پدر را می‌گرفت، ولی دور از چشم پدر تمام امور زندگی پسر را چنان در دست گرفته بود و مدام پول خرج او می‌کرد که پسر در سن بیست و چهار سالگی همچنان وابسته بود و ناتوان.

دختر عاقل بود، همه‌چیز را می‌دید و دلش می‌سوخت. پسر روحیهٔ شوخ‌طبعی داشت و قلبی مهربان، ولی به‌وضوح از خودش بیزار بود و به هر کاری دست می‌زد تا شاید برای لحظه‌ای زندگی وامانده‌ای که قدرت عوض کردنش را نداشت، فراموش کند. پدر میان تمام امورش سرک می‌کشید، تمام دوستانش را اراذل و اوباش خطاب می‌کرد، او را مدام در مقابل دوست و آشنا تحقیر می‌کرد و در تمام این سال‌های تحقیر و توهین، پسر حتی یک‌بار هم به پدرش بی‌احترامی نکرده بود.

دختر از مادرش شنیده بود که آقای شروانی، پدر بهرام، خودش فرزند ناخلفی بود. پدر آقای شروانی از تحصیل‌کرده‌های دوران خودش محسوب می‌شد و اهل قلم بود. از آن پیرمردهای خوش‌لباس قدیمی و همیشه کت و شلوار و جلیقه بر تن که به قول قدیمی‌ها با خط اتویش می‌شد هندوانه قاچ کرد، با کلاه شاپویی بر سر و عصایی در دست، از آن مردهای مو جوگندمی قدیمی که بوی مطبوع پیپشان همیشه چند متری جلوتر از خودشان به مشام می‌رسید. اما پسرش، آقای شروانی که الان خودش پیرمردی بود، حتی دیپلمش را هم نگرفته و از همان عنفوان جوانی به سراغ کاسبی رفته بود. مادرش می‌گفت: «از یکی از فامیلاشون شنیدم که آقای

شروانی وقتی جوون بوده، همهٔ کلاب‌دارهای شهر می‌شناختنش و تازه این ازدواج سومشه!»

دختر بعد از شنیدن این حرف‌ها از پیرمرد زورگوی خودشیفته بیش از پیش بدش آمد. برای او خیلی واضح بود که پدربزرگ فرهیخته که به احتمال قریب به یقین هیچ نقطهٔ مشترکی با پسر ناخلف خودشیفته‌اش نداشت، نه‌تنها او را به جرم متفاوت بودن تنبیه و تحقیر نکرد؛ بلکه به او اجازهٔ اشتباه کردن و تجربهٔ زندگی به روش خودش را داده بود. به او اجازه داد تا استعداد خودش را کشف کند و به دنبال آرزوهایش پر بکشد؛ نه این‌که مثل پرنده‌ای پَربسته او را در قفس خوب و بدهای خودش اسیر کرده و بعد از او بخواهد پرواز کند. پرندهٔ بیچاره هم خود را از سر ناتوانی و حسرت چنان به در و دیوار قفس بکوبد که دیگر جان راه رفتن هم نداشته باشد؛ چه رسد به پرواز کردن.

وقتی کوچک‌تر بودند، یک روز بهرام بعد از مهد کودک به خانهٔ آن‌ها آمد و مادرش برای هردوی‌شان کتاب داستان عکس‌دار قصه‌های «من و بابام» را خواند. به خاطر داشت که بهرام چقدر ذوق کرده و به او گفته بود: «خوش به حالت. پدر و مادر من هیچ‌وقت برام کتاب نمی‌خونن.» پدر بهرام برای پدر دختر که استاد دانشگاه بود، احترام زیادی قائل بود. دختر احساس می‌کرد پدر بهرام بدش نمی‌آمد اگر وصلتی هم بین‌شان صورت می‌گرفت. او اگرچه می‌دانست بهرام ذاتاً مرد مهربانی است، ولی این را هم خوب می‌دانست که این پرندهٔ زخمی شاید هیچ‌وقت سر پا

نشود. مهم‌تر از همه آن‌که تحمل مادر کنترل‌گر و پدر خودشیفته هر آدم سالمی را بیمار می‌کند. از تصور این‌که فرزندانش چنین مادربزرگ و پدربزرگی داشته باشند به خود لرزید و با تکان دادن سر سعی کرد از شر این افکار آزاردهنده خلاص شود.

بهرام پسر بدی بود. سرآمد همهٔ پسرهای بد دنیا. بهرام پسر بدی بود که حتی خوبی آمیخته به ترحم دخترک همسایه هم راه نجاتی برایش نبود.

کتابخانهٔ داییجان

اتاقِ کوچک پشت مهمانخانهٔ منزل داییجان پر بود از کتابهای کلاسیک نویسندگان ایرانی و خارجی. دخترک از وقتی یادش میآمد، خانهٔ داییجان در سی متری نیروی هوایی به همین شکل و شمایل بود و اتاق کوچک پشت مهمانخانه هم اتاق مورد علاقهٔ او. در دو طرف اتاق کوچکِ پشتی، کتابخانههای چوبی کوتاهقد پر بودند از کتابهایی با کاغذهای کاهی و جلدهای مقوایی کلفت. کتاب دزیره با آن جلد رنگورورفتهٔ صورتی و عکسهای سیاه و سفید از فیلم رنگی دزیره با بازی مارلون براندو که دخترک محال بود مهمان خانهٔ داییجان باشد و نگاهی به آن نیندازد و صدای دایی بلند نشود که: «دخترجان مواظب این کتابها باش.»

داییجان مثل هر کتابخوان زبدهای عاشق کتابهایش بود. دخترک به یاد نداشت که هیچوقت کتابی از داییجان به امانت گرفته و به خانه برده باشد؛ اما به خاطر داشت اولین کسی که به او عیدی کتاب هدیه داده بود داییجانش بود و خوب به خاطر داشت که نام بسیاری از نویسندگان مطرح و بهنام را برای اولینبار بر روی

کتاب‌های دایی‌جان دیده بود؛ ماکسیم گورکی، داستایوفسکی، تولستوی، صادق هدایت، جلال آل احمد، عزیز نسین، دافنه دوموریه، ویکتور هوگو، دیکنز، بالزاک، امیل زولا، برونته و ...

هر بار که مهمان خانهٔ دایی‌جان بودند، اغلب مصادف با فصل تابستان بود و حواس کسی به دختر کوچک بازیگوشی که در عالم خودش سیر می‌کرد نبود و البته که این اتفاق بسیار می‌افتاد، از گوشه‌ای می‌خزید به داخل اتاق پشتی که با اتاق بزرگ مهمان‌خانه تراسی مشترک داشت. در طول روز اشعه‌های طلایی نورخورشید از لای پردهٔ سادهٔ توری به داخل اتاق بر روی فرش قرمز خرسک۱ می‌تابید و باد از لای درِ نیمه‌بازِ تراس به ملایمت پردهٔ توری را به عقب هل می‌داد. دخترک که شاید ده یا دوازده سالی بیشتر سن نداشت، به‌آرامی کتابی از میان کتاب‌ها برمی‌-داشت، بر روی زمین می‌نشست، تکیه می‌داد به دیوار خالی اتاق در

کنجی و می‌خواند. یک‌بار کتاب سه قطره خون نوشتهٔ صادق هدایت به دستش افتاد. چند سطری خواند و چیزی نفهمید، فقط دلش کمی گرفت. خیلی وقت‌ها از کتاب‌هایی که در آن کتابخانه بود سر در نمی‌آورد. کتاب را چرخاند تا دوباره به عکس نویسندهٔ کتاب در پشت جلد نگاهی بیندازد. به تصورش از روی

---

۱ فرش ارزان‌قیمت با بافتی درشت.

عکس می‌توانست به عمق حرف‌های مرد غمگین که اتفاقاً در عکس بسیار متین و آرام می نمود، پی ببرد!

آن شب از مادرش درمورد صادق هدایت پرسید. مادرش گفت: «قدیما به ما می‌گفتن کتاب‌های صادق هدایت رو نخونیم؛ چون باعث می‌شه مالیخولیایی بشیم!» و همین یک جمله بدون هیچ توضیح و جوابی قانع‌کننده در مقابل چراهای دختر باعث شد تا دخترک قصهٔ ما تا دو دهه بعد به این نویسندهٔ متفکر و آثارش بی‌توجه بماند. البته اگر آن موقع اینترنتی در کار بود، دخترک حتماً ته‌وتوی کل زندگی نویسندهٔ مرموز را درآورده بود!

یک‌بار هم که دخترک دیگر بزرگ شده بود و هجده سالی سن داشت و برای اولین و آخرین‌بار در زندگی‌اش شب را به‌تنهایی در منزل دایی‌جان مهمان بود، وقتی همه آمادهٔ خواب شده بودند و جای دخترک را در اتاق مهمان‌خانه به‌تنهایی پهن کرده بودند، به یاد ایام قدیم دوباره سری به اتاق پشتی زد و از میان کتاب‌های ریز و درشت، کتاب جیبی‌ای را بیرون کشید. جلد کتاب کوچک زردرنگ بود، تصویر سیاه یک مترسک بر روی آن نقاشی شده و به‌دقت و زیبایی با نایلون‌هایی که کتاب‌های مدرسه را با آن جلد می‌کردند، جلد شده بود. به‌سختی سعی کرد نام نویسندهٔ خارجی را که با حروف فارسی نوشته و خواندنش سخت‌تر شده بود، بخواند. فی ... فیییلیس ... هی .... هیسستینگز ... . شانه‌هایش را بالا انداخت. نویسنده را

نمی‌شناخت. شش سالی بود که کتاب‌خوان بود و کلی کتاب‌های داستانی و روان‌شناسی خوانده بود و کلی اسم نویسنده می‌توانست ردیف کند؛ حتی در بازی اسم و فامیل هم دیگر کم پیش می‌آمد دخترک قصهٔ ما جای کتاب و نویسنده را خالی بگذارد؛ اما این نویسنده را مطمئناً نمی‌شناخت. کتاب جیبی کوچک، او را به یاد کتاب‌های جیبی کارآگاهی سرگرم‌کننده‌ای می‌انداخت که شب‌های تابستان، زمان جنگ، خواهر و برادرش موقع خواب بلندبلند و به‌نوبت می‌خواندند و او هم گوش می‌داد یا کتاب جیبی پُر اثر ماتیسن که مادرش در خانه داشت. با خود فکر کرد: «حتماً کتاب خوبی باید باشه.». درضمن کوچک بود و می‌توانست قبل از ترک منزل دایی‌جان تمامش کند.

کتاب را باز کرد و بوی ورق کاهی را با لذت بلعید. نزدیک نیمه‌های شب بود و خانه در سکوتی آرامش‌بخش. دخترک تنها در اتاق بزرگ مهمان‌خانه با درِ بسته دور از همهٔ نگرانی‌ها در دنیای کتاب کوچک جیبی غرق شد و با قهرمان کتاب، اگنسِ دردکشیده، تنها و تشنهٔ محبت، همسفر. هنوز بعد از گذشت سی سال از آن روز، دخترک قصهٔ ما که حالا دیگر زنی جاافتاده و سرد و گرم چشیده بود، می‌توانست حس عجیب و تکان‌دهنده‌ای را که یک کتاب کوچک جیبی سی سال پیش در یک روز پاییزی در جان و روح او ایجاد کرد، با نماهایی از داستانی که آن شب در ذهنش شکل گرفت، به‌وضوح به خاطر بیاورد. آن شب یک‌نفس خواند. دم‌دم‌های صبح بود که کتاب را تمام کرد و با رؤیای داستان مترسک به خواب آرامی فرو رفت و چند ساعتی خوابید. فردای آن روز دختر دایی‌جان که شاید پانزده سالی از او بزرگ‌تر بود

و به‌ندرت حرف مشترکی با او داشت، کتاب را کنار بالش او دید. کتاب را برداشت، دستی بر روی آن کشید، لبخندی زد و گفت: «خوندیش؟» دخترک جواب داد: «بله، خیلی قشنگ بود.» دختر دایی‌جان خندید و گفت: «آره، منم وقتی پونزده سالم بود خوندمش. این‌قدر خوشم اومد که همون موقع جلدش کردم. بیا بریم صبحانه.»

چند سال بعد دایی‌جان و خانواده‌اش از نیروی هوایی به شهرک اکباتان نقل مکان کردند. خانهٔ جدید مدرن بود و اتاق‌های خواب زیادی داشت که هر کدام برای خودشان کتابخانه‌ای داشتند، ولی هیچ‌کدام جای خالی اتاق کوچک پشتی را برای دخترک پُر نکرد. هرچند قدرت کلمات نویسندگان کتاب‌های آن کتابخانه تا ابد جادوی‌اش کردند.

زن دوم

زینب تا سیزده سالگی نمی‌دانست پدرش زن دومی هم دارد. شاید نحسی سیزده او را گرفت آن روزی که وقوعش را هم در ذهنش پاک کرده است. شاید هم سر یکی از آن دعواها و قهرها بود که فهمید. اصلاً چه کسی اولین‌بار به او گفت؟ حتماً مادرش به او گفته. مادرش به همهٔ عالم و آدم می‌گفت. به مادر دوست دبیرستانی‌اش هم همان بار اولی که او را دید، گفته بود، بعد هم در اعتراض زینب به کارش گفت: «خودش می‌دونست!» می‌دانست؟ از کجا؟ او که از همهٔ دوستانش مخفی کرده بود. او چنان مخفی کرده بود که خودش هم باورش شده بود چنین چیزی اصلاً امکان ندارد!

شاید هم خودش کمی که عقل‌رس‌تر شد، از لابه‌لای حرف‌های این و آن با مادرش فهمیده بود. کسی که حوصله نداشت او و یا خواهر و برادرانش را بنشاند و بااملاحظه و به‌آرامی و براساس علم نوین روان‌شناسی برای آنها توضیح بدهد که: «بچه‌ها متأسفانه پدر شما به غیر از مادرتون همسر دیگه‌ای هم اختیار کرده. این

تقصیر هیچ‌کدوم از شماها نیست. این تصمیمی هست که پدرتون به‌واسطهٔ قدرتی که دین و قانون در اختیارش گذاشته برای خودش گرفته، بدون این‌که به احساسات هیچ‌کس جز خودش و همسر محترم دومش فکر کرده باشه. او هنوز هم پدر شماست و به همون اندازهٔ قبل شما رو دوست داره.»

اصلاً چه توقعات بی‌جایی داشت زینب از پدر و مادر و اطرافیان، مگر زمان انقلاب و جنگ با آن همه کارهای مهم‌تر و گرفتاری، کسی فرصت داشت به فکر روشن کردن ذهن یک نوجوان درمورد زن دوم باشد. خودش بزرگ می‌شد می‌فهمید.

زینب پدرش را دوست داشت و همیشه به او افتخار می‌کرد. پدرش مثل کودکی بود شوخ‌طبع و شیطان که نیازهای اولیه‌اش (خوردن، خوابیدن، کردن) را مثل چهار عمل اصلی ریاضی خوب درک کرده و همهٔ زندگی‌اش را بر پایهٔ آنها بنا کرده بود. پدرش به درس خواندن او گیر نمی‌داد، همین‌که او بتواند قسطنطنیه را بدون اشتباه بنویسد، به نظر پدرش او سواد لازم را داشت. اما حیف که همان یک‌بار هم که کلاس سوم بود و پدرش کتاب را برداشته و به او گفته بود بنویس قسطنطنیه، او نوشت غصتنتتیه و همان شد و همان که پدر کلاً از او قطع امید کرد. اما او باز هم پدر کودک شیطانش را که هر وقت دور و برش بودی زندگی آسان و خنده‌دار می‌شد، دوست داشت. هرچه بود پدر حواسش بود پولی بیاورد که بچه‌هایش از گرسنگی نمیرند، سر و وضعی مناسب داشته باشند و کودکی کنند. اصلاً شاید زن

دوم چیزخورش کرده بود. او که دور از چشم زن اولش رفت و شناسنامهٔ المثنی گرفت تا هیچ‌کس سر از کارش درنیاورد، حتماً خودش می‌دانسته یک جای کارش می‌لنگد. خواهرهای خودش هم که از خجالت جلوی فک‌وفامیل شوهر کلاً او و کارش را به رسمیت نمی‌شناختند؛ درست مثل جامعهٔ بین‌الملل که بعضی از دولت‌ها را در برهه‌ای از زمان به رسمیت نمی‌شناسد و آنها هم کلاً بی‌خیال جامعهٔ بین‌الملل می‌شوند.

خلاصه که زینب نمی‌فهمید چرا پدرش مثل خیلی از مردان غیور دوره‌های مختلف زمانی، نکرده بود به‌جای گرفتن زن دوم به همان سیستمی که از ابتدای ازدواج با مادرش داشت ادامه بدهد و با زن‌های دیگر دزدکی در ارتباط باشد و سر پیری هم بشود زاهد پرهیزگار. اوضاع مالی‌اش هم که بد نبود؛ پس همه فراموش می‌کردند که او روزی پسر بدی بوده، البته اگر مادرش از گفتن خوبی‌های خودش و بدی‌های او به این و آن دست برمی‌داشت. حتماً پای پولی در میان بود. لابد پولی غرض کرده از زن بیچارهٔ شوهرمرده که سه دختر قدونیم‌قد روی دستش مانده بود، نتوانسته پول‌ها را پس بدهد و اجباراً به این ازدواج تن درداده. هرچه باشد پول یتیم خوردن ندارد و پدر او هم به این اعتقادات پای‌بند بود. خدا را شکر که از درایت پدر، برادر و خواهرهای ناتنی به جمعشان اضافه نشده بود. زینب با خواهر و برادر خودش هم نمی‌ساخت، آن وقت فکرش را بکن با برادر و خواهر ناتنی چه باید می‌کرد!

زینب هیچ‌وقت با زن دوم پدرش و خانواده‌شان آشنا نشد و هیچ اصراری هم

به این کار نداشت. شاید چون این کار را نارو زدن به مادرش می‌دانست. او ترجیح می‌داد در دنیای مجازی ساختهٔ خودش و با خانوادهٔ نرمالشان زندگی کند، اما یک جورایی خود را شریک جرم پدر می‌دانست. وقتی بچهٔ زن اولِ مردی دو زنه باشی، در مقابل دید آشنایانِ ازهمه‌جا باخبر، مادرت می‌شود مریم مقدس و پدرت می‌شود خودِ شیطان و تو تمام عمرت وزن نگاه‌های سنگینی را تحمل می‌کنی که اگرچه می‌دانی متفاوت‌اند، ولی نمی‌دانی چرا. مثل نگاه‌هایی که به بچه‌های یتیم یا فقیر می‌شود یا آن نگاهی که بچهٔ یک زندانی یا یک قاتل، تا ابد باید به جان بخرد. پشت تمام این نگاه‌ها قانون‌های نانوشته‌ای است که تا ابد دست‌وبال بسیاری از این کودکان را می‌بندد. دختر که باشی هر خانواده‌ای به خواستگاری‌ات نمی‌آید و پسر که باشی هر خانواده‌ای به تو دختر نمی‌دهد، شاید برای همین بود که پدرش همهٔ کارهایش را یواشکی می‌کرد. شاید او هم از این قانون‌های نانوشته خبر داشت. شاید به‌همین‌خاطر بود که همسایه‌شان، طاهره خانم، هیچ‌وقت هرزه‌گی‌های شوهرش را جار نزد و بی‌سروصدا از او جدا شد. شاید مادرش هم باید همان سال‌های اول که هنوز بچه‌ای در کار نبود و پدربزرگ از اطراف و اکناف خبر هرزه‌گی‌های دامادش را می‌شنید و می‌خواست ناجی دخترش بشود و دامادش را در مقابل خانواده بی‌حرمت کرد، از زندگی پدرش برای همیشه بیرون می‌رفت. شاید اگر پدرش زن دوم را اول دیده بود، مادرش هم مرد زندگی بهتری از پدر او پیدا می‌کرد و همه خوشبخت بودند. ظاهراً از همان موقع همه تصمیم گرفته بودند به زینب و خواهر و برادرانش کلاً فکر هم نکنند.

زینب خانوادهٔ زن دوم را نمی‌شناخت؛ ولی دورادور داستان‌ها شنیده بود از احترامی که آن زن و خانواده‌اش نثار پدرش می‌کردند. احترامی که زینب نمی‌دانست از عشق بود یا نیاز یا هر دو، ولی هرچه که بود دست آخر بر ازدواج سی‌ساله و پنج فرزند پیروز شد و مادر زینب از پدرش جدا شد. اما زینب و پدر تا آخر شریک جرم هم ماندند. وقتی‌که موقع ازدواج زینب رسید، او ناخواسته حلقهٔ خواستگارانش را به جمعی که از قبل از داستان زن دوم پدرش باخبر بودند، محدود کرد. روزی که همسر زینب به خواستگاری آمد، پدرش او را به اتاق دیگری برد و به او گفت: «اگه می‌خوای با دختر من ازدواج کنی، باید یادت باشه هیچوقت کارها و اشتباهات من رو حتی در دعواهاتون به رخ اون نکشی.» و عجب زینب خوش‌شانس بود که همسر او همیشه برای پدرش احترام قائل بود و این احترام تا موقع مرگ او، که زینب با برنامهٔ از پیش تعیین‌شده و به‌خاطر عدم علاقه به رودررو شدن با زن دوم و خانواده‌اش در آن حضور نداشت، برقرار ماند.

بخش دوم

داستانهای بعد از مهاجرت

بخش دوم این مجموعه، حکایاتی است از سال‌های زندگی نویسنده در خارج از ایران. سال‌های سخت و آموزندهٔ مهاجرت. سال‌های خودشناسی و دگرشناسی در جامعه‌ای به‌شدت فردگرا و سرمایه‌داری.

آلبوم عکس

زن میانسالی بر روی نیمکت سنگی باغ در مقابل منقل چدنی گردی در قسمت شمال شرقی ساختمان نشسته و به آلبوم قرمزرنگ بزرگی خیره شده بود که بر روی پاهای جفت‌شده‌اش قرار داشت. یکی از روزهای آخر ماه دسامبر بود، از آن روزهایی که تکلیفت را با هوای عجیب‌وغریب کنبرا نمی‌دانی، در زیر سایهٔ درختان و ساختمان‌ها از سرما می‌لرزی و در زیر تابش خورشید از گرما می‌سوزی!

نیمکت سنگی هلالی‌شکل در زیر سایهٔ ساختمان شیروانی‌دار یک‌طبقه قرار داشت و چهرهٔ زن را که نه کلاهی بر سر داشت و نه عینکی بر چشم، از اشعهٔ سوزندهٔ خورشید قارهٔ استرالیا که سوزندگی‌اش را به پارگی لایهٔ اوزون نسبت می‌-دادند، حفاظت می‌کرد.

زن با گره‌ای بر پیشانی، چشم‌های رنگ روشن بی‌آرایشش را که خسته و

بی‌روح به نظر می‌رسیدند و هالهٔ زرد بیمارگونه بر زیر آنها نقش بسته بود، به آلبوم قرمزرنگ که گل‌های طلایی، سبز و سفیدی با نهایت بی‌سلیقگی بر روی آن کشیده شده بودند، دوخته بود. زن ذاتاً باسلیقه بود، هرچند بسیاری از اوقات محدودیت‌های مالی و دخالت‌های دیگران باعث می‌شد تصمیم‌هایی در زندگی بگیرد که نهایت بی‌سلیقگی را نشان می‌داد و این آلبوم زشت قرمزرنگ و هر آنچه در آن بود، او را به یاد تمام تصمیماتی می‌انداخت که در گرفتن آنها کمتر نقشی داشت.

زن انگشت‌های باریک و زیبای دست راستش را که بر ناخن‌های سوهان‌-
خورده و مرتبش لاک بنفش خوش‌رنگی زده شده بود، به‌آرامی بر گوشهٔ سمت راست آلبوم که از چپ به راست باز می‌شد، گذاشت و آن را گشود. آلبوم کهنه و بی‌کیفیت بود و جلدش تا نیمه از بدنه جدا شده بود. زن با صدای بلند نفسش را از بینی بیرون داد و کارت عروسی قدیمی را از درون پاکت سفیدی که به روی جلد آلبوم از داخل چسبیده شده بود، بیرون کشید. به یاد آن روزی افتاد که با نامزدش برای انتخاب کارت عروسی تمام کارت فروشی‌های خیابان بهارستان را سی‌سال پیش دانه‌به‌دانه زیرورو کرده بودند. کارت عروسی سفید بود و گل‌های شیپوری برجستهٔ سفید و صورتی بزرگ در وسط و گل‌هایی کوچک به همان شکل در کناره‌-
های کارت قرار داشت. بر روی کارت به انگلیسی با رنگ نقره‌ای نوشته شده بود: «پیام شادی.» کارت را باز کرد و خواند:

در پرتو مهر یزدان

وقتی‌که من و تو ما می‌شویم، فرشتگان شادی در دل‌ها خانه می‌کنند.

در خانهٔ کوچک قلب ما سروری برپاست.

سحر و سینا

خواستارند با تابش مهر و فروغ نگاه خویش بر شادی بزم ما بیفزایید.

به خاطر آورد که این کارت جزو اولین خریدهای مشترک او و همسرش بود؛ همسری که اگرچه ده سال از او بزرگ‌تر بود و از نوجوانی از نظر مالی کاملاً مستقل از خانواده، ولی هنوز روح نوجوانی را داشت که در درون مرد میانسالی گیر افتاده بود. کارت چندان هم بد نبود، آن هم با آن بودجه و شرایطی که آنها داشتند. هنوز می‌شد به آن کارت قدیمی عروسی نگاه کرد بدون آن‌که رنگ و شکلش چشم‌ها را آزار دهد و نوشته‌اش روح را بیمار کند.

صدای آواز خواندن پرندگان استرالیایی که اسمشان را هم نمی‌دانست، فضای باغ را پرکرده بود. آنها هم مثل او این باغ پرگل زیبا را که دست‌آورد همسرش بود، دوست داشتند. او همیشه باور داشت که عکس‌ها باید یادآور خاطرات خوش زندگی باشند؛ اما این آلبوم، عجیب او را غمگین می‌کرد.

به یاد آورد که روز عقدشان یکه‌وتنها با نامزدش از دانشگاه با همان مانتو و روسری و مقنعهٔ مشکی راهی محضرخانه‌ای در تجریش شد. در آن محضرخانهٔ

قدیمی سر پل تجریش آنها بودند و پدرهایشان و دو شاهد مرد غریبه. نوزده سالی بیش نداشت و اولین‌بار بود که پا به داخل محضرخانه‌ای می‌گذاشت. در کنار دفتر اصلی محضرخانه، اتاق دیگری بود با سفرهٔ عقدی آراسته، اما عقد آنها در همان اتاق اصلی در کمال سادگی برگزار شد. پدرش پیشدستی کرد و به‌جای نامزدش پول محضردار را پرداخت در صورتیکه پدر داماد مثل مجسمه‌ای آنجا نشسته بود. آن روز از رفتار سخاوتمندانه و درایت پدرش خوشحال شد و از برخورد عجیب پدرشوهر آینده ناامید. اما اگر تجربهٔ امروزش را داشت، همان روز باید می‌دانست که پای در بازی خسته‌کننده و آزاردهنده‌ای گذاشته است و آن روز تازه اول این راه دراز بود.

بی‌خود نبود این‌قدر از آن آلبوم زشت قرمز که هدیهٔ مادر همسرش بود، تنفر داشت. اشیا به‌خودی‌خود تنها موجودیت‌هایی هستند بی‌جان در محیط اطراف ما، این خاطرات ما هستند که به اشیا جان می‌دهند و آنها را در نظر ما زشت یا زیبا می‌کنند. مادرش همیشه از ظرف‌های عتیقهٔ زیبایی که او عاشقشان بود، متنفر بود و همیشه اشیای عتیقهٔ گران‌بها را که یادگار زندگی گذشته‌اش بودند، بی‌محابا می‌-بخشید یا در مقابل اندک‌پولی به سمسار محله می‌فروخت.

خاطرات ناخوشایند به ذهنش هجوم آوردند. به خاطر آورد چطور شب عروسی عکاسشان که قرار بود همکار همسرش باشد، زیر قولش زد و آنها بی‌عکاس ماندند. فیلم‌بردار که قیافه‌های درهم آنها را دید، تلفنی یک عکاس برایشان پیدا کرد.

عکاس چون دیر آمده بود کارش در آن اتاق عقد حقیرانهٔ سالن وصال در خیابان پیروزی با آن پردهٔ سبز ارتشی‌رنگ که بیشتر شبیه نمازخانه بود تا سالن عقد، به طول انجامید. شاید به خاطر همین بود که مادر همسرش با بداخلاقی به درِ بستهٔ اتاق کوبید و فریاد زد: «تموم نشد؟... مردم می‌خوان نماز بخونن.» از به خاطر آوردن قیافهٔ عکاس و فیلم‌بردار که هر دو با فریاد و تعجب جواب داده بودند: «مگه اینجا نمازخونه‌ست!» لبخندی بر لبانش نشست.

کارت عروسی قدیمی را سر جای‌اش برگرداند و به عکس سفرهٔ عقدشان خیره شد. سرویس سفرهٔ عقد به شکل قلب بود با مرواریدهای سفید و المانت‌های طلایی،آیینه و شمعدان پنج‌شاخهٔ برنز ساده و زیبا با المانت‌های طلایی سفرهٔ عقد هماهنگی تحسین‌برانگیزی داشتند. کیک سه‌طبقه که پخت قنادی‌ای در میرداماد بود با غنچه‌های زیبای رز صورتی تزیین شده بود و اینها همه انتخاب‌های او بودند و همسرش، که به زیبایی با نقل‌ها و سکه‌های در تور پیچیده‌شده با ربان‌های صورتی کار دست دوست قدیمی‌اش هماهنگی و هارمونی چشم‌نوازی داشتند. اگرچه این زیبایی و هارمونی در بین مشتی گل‌های زشت قرمز گلایل که با بی‌سلیقگی و بی‌حوصلگی در اطراف سفرهٔ گیپور کرم‌رنگ پخش شده، ربان‌های قرمز کاغذی‌ای که به شمعدان‌ها وصل شده، قرآن آبی‌رنگ ساده‌ای که همان وسط روی سفره رها شده و ظرف‌های میوه و شیرینی که در زیرشان کاغذکادوی آبی‌رنگی با بی‌سلیقگی گذاشته شده بود، گم بودند.

این نازیبایی و ناهماهنگی که با زاویهٔ انتخابی بد عکاس برای عکس گرفتن بیشتر هم شده بود، چشم را آزار می‌داد و حس انزجار را تقویت می‌کرد. به خاطر آورد که این کار هنرمندانه تنها مسؤلیت داده‌شده به مادر داماد بود که بدون کوچک‌ترین هماهنگی با او و کاملاً از سر بی‌حوصلگی انجام شده بود، شاید هم مخالفتش با این وصلت که زن هیچ‌وقت دلیل واقعی پشت آن را نفهمید، در کج‌سلیقگی‌اش نقش داشت!

مادر همسرش روز عقد محضری‌شان را هم تبدیل کرده بود به عزا. آن روز بعد از محضر با خانواده شوهر آینده به منزل پدری‌اش رفتند. مادرش تدارک شام مختصری برای دو خانواده دیده بود. زن هنوز از یادآوری آن روزها چندشش می‌شد. از فکر این‌که در جامعهٔ سنتی ایران دخترانشان و حتی بعضاً پسرانشان را مطیع و به اسم احترام گذاشتن توسری‌خور بار می‌آوردند، سگرمه‌هایش درهم رفت. آلبوم عکس را بر روی نیمکت سنگی انداخت، آهی کشید و به‌سمت بوته‌های گل رز سفیدی رفت که در این دیار غربت یادآور خاطرات خوب کودکی‌اش بودند. لحظه‌ای ایستاد و به شاخه‌های خم‌شده و سنگین و پر از گل نگاهی کرد، بعد آرام گل‌های رز خشک‌شده را از آن میان جدا کرد و در کنار بوتهٔ گل بر زمین انداخت و با خودش فکر کرد: «ای کاش به دور انداختن خاطرات تلخ هم به راحتی جدا کردن این گل‌های خشک‌شده بود.»

بارها بخشید و فراموش کرد، اما آنها که بخشیده شده بودند بی‌خبر از همه‌جا

همچنان آزاردهنده و همیشه حق‌به‌جانب باقی مانده بودند. مهاجرت هر سختی و بدی که داشت، یک خوبی داشت و آن هم جدا شدن از رابطه‌های سمی و ناسالم فامیلی بود. رابطه‌هایی که تو را مثل یک پشهٔ کوچک در دام تار عنکبوتی به اسم خانواده و فامیل اسیر کرده و با هر حرکتی که از شخصیت مستقل تو نشأت بگیرد و مخالف عرف و قوانین گاه بی‌انصافانهٔ تعریف‌شدهٔ جامعه باشد، تار را بیشتر و بیشتر به دور تو می‌تند.

باید امروز کار را تمام می‌کرد. به‌سمت نیمکت سنگی بازگشت. خاطرهٔ دختر تازه‌عروس گریان را که آن روز حتی پدر و مادرش هم نمک به زخمش پاشیده بودند به همراه خاطرهٔ پسر مطیع و سربه‌راهی که بین مادر و پدر سنتی کم‌سواد و تازه‌عروسِ کم‌تجربه سرگردان بود، همه را به دورترین نقطهٔ ذهنش فرستاد و آلبوم کذایی را دوباره گشود.

چهره‌های جوان، زیبا و خجالتی عروس و داماد از بین صفحات آلبوم به زن جوان خیره شده بودند. زن به خودش در لباس عروس ارزان‌قیمتی که دامن پفی بزرگش شبیه لباس سیندرلای دیزنی بود، نگاه می‌کرد و به یاد می‌آورد که چطور یک روز از همه‌جا بی‌خبر با مادر داماد و زن دایی‌ای که برای اولین‌بار می‌دید سر از کوچهٔ برلن درآورده بودند تا لباس عروس بخرند. یادش آمد لباس مورد علاقه‌اش از ساتن بود و دامنی لخت و بلند داشت با آستین‌هایی افتاده بر روی شانه که آن را از روی ژورنال خیاطی انتخاب کرده و قرار بود یا چیزی شبیه به آن پیدا کنند یا

خیاط لنگهٔ آن را برایش بدوزد. هنوز بعد از این همه سال حس آدمی را داشت که همه سرش کلاه گذاشته بودند. نه لباس عروسی لباس دلخواهش بود، نه تاج و تور سر، نه تاج گل و نه ماشین دربوداغان بی. ام. و با آن گل‌های زشت گلایل و ربان‌های سفید کاغذی. حتی آرایشگاه دلیله هم انتخاب مادرش بود با آن ساختمان کهنهٔ قدیمی و زنگ زه‌واردررفته‌اش و مدل مویی که از یک طرف مثل کاکل خروس بود. آرایشگر موهای همراهان عروس را زودتر از خود عروس درست کرده و برای درست کردن موی عروس وقت کم آورده بود. نفسش را بار دیگر با صدا این بار از دهانش بیرون داد و به یاد آورد همه چطور سعی می‌کردند با او طوری رفتار کنند که گویا حق ندارد چیزی بهتر و بیشتر بخواهد، هرچند عروسی برادرش، دو سه سال پیش در سالن زیبای دربند به بهترین نحو برگزارشده بود.

آرایشگاه غلغله بود و در آن بلبشو خواهر و زن برادرش بیشتر حواسشان به خودشان بود تا عروس بیچاره. آرایشگاه حتی کسی را نداشت که مانیکور و پدیکور عروس‌ها را انجام دهد و آنها خودشان لاک به ناخن‌هایشان می‌زدند. شانس آورده بود لاک‌های خوش‌رنگ و زیبای پیرکاردینش را که با دیگر لوازم آرایشش با نامزدش در سفرکوتاهی به کیش خریده بودند، به همراه داشت که البته از دست عروس‌های پُرسَروزبان‌دار دیگر آرایشگاه در امان نماندند.

هر ورق آلبوم کذایی پر بود ازخاطرات ناخوشایندی که لابه‌لای خنده‌های معصومانهٔ دختر و پسر خوش‌چهره، اما خجالتی و ملاحظه‌کار و شاید هم باید گفت

توسری‌خور و ترسو پنهان شده بودند. بی‌خود نبود که این آلبوم‌ها و فیلم عروسی را با وسایل دیگری در تهران برای سال‌ها جا گذاشته بود.

دیگر آفتاب کاملاً ناپدید شده و پرندگان از خواندن خسته و هوا کمی سرد. آلبوم را دوباره رها کرد و به‌سمت پارکینگ به راه افتاد. از داخل قفسه‌ای در پارکینگ چند قرص الکل جامد و کبریت را برداشت و به باغ برگشت. صدای جیرجیرک‌ها شب‌های زیبا و شرجی شهرک ساحلی امیرآباد در نزدیکی محمودآباد مازندران را به یادش می‌آورد. الکل‌های جامد را داخل منقل چدنیِ پر از هیزم خشک و مرغوب انداخت و کبریتی روشن به آن اضافه کرد. الکل‌های جامد به‌سرعت آتش گرفتند و آرام‌آرام هیزم‌ها هم به جشن آتششان اضافه شدند.

دوباره بر روی نیمکت سنگی آرام گرفت، به شعله‌های زیبای آتش چشم دوخت و به فکر فرو رفت. سی سال از آن روز بهاری می‌گذشت و هر بار چشمش به این آلبوم کذایی می‌افتاد، دلش می‌گرفت و روحش سیاه می‌شد. آلبوم عکس را مجدد باز کرد و دانه‌دانه عکس‌ها را بیرون کشید و به داخل آتش انداخت. شعلۀ آتش زبانه کشید و صدای سوختن کاغذ عکس با صدای تق‌تق هیزم قاطی شد. آن چهره‌های جوان و زیبای عروس و داماد که سال‌ها بود دیگر نه چهره‌شان و نه طرز فکرشان وجود خارجی نداشت و تنها یادی از آنها مابین عکس‌ها مانده بود، برای همیشه در آتش می‌سوخت و با آنها خاطره‌های تحقیر، نادیده گرفته شدن و قضاوت شدن. آخرین عکس آلبوم دست‌های زیبا و جوان عروس و داماد در کنار هم، با

حلقه‌های زیبای عروسی که جواهرفروشی بوربور در خیابان هفت تیر برایشان ساخته بود. زن مدتی به عکس خیره شد، ولی هیچ حسی جز رضایت خاطر نداشت. آلبوم قرمز قدیمی را به داخل سطل بازیافت انداخت. عکس دست‌ها را به داخل اتاق برد و بر روی بوفه به دیوار تکیه داد. صدای همسرش که تازه از راه رسیده بود، بلند شد: «کجایی خانوم؟» لبخندی بر لبانش نشست و گفت: «تو سالنم. آتیش روشن کردم، بیا بریم کنار آتیش مرلوت بخوریم.» مرد میانسالی با موهای جوگندمی لبخندزنان به سمتش آمد، دست‌هایش را که همان حلقهٔ طلایی درون عکس در انگشتش بود، در دست گرفت، بوسه‌ای بر پیشانی‌اش زد و باهم به‌سمت باغچهٔ کوچکشان به راه افتادند، بر روی نیمکت سنگی در کنار هم نشستند و دست‌دردست در سکوت به شعله‌های زیبای آتش که در مقابلشان شادمانه می‌رقصیدند، چشم دوختند.

احساس گناه

«مامان، مامان‌بزرگ داره بهم زنگ می‌زنه ... حوصله ندارم جواب بدم چی‌کار کنم؟»

زن سرش را به‌سمت دختر نوجوان زیبا، قدبلند و موبایل‌به‌دست که با لحنی پریشان و مضطربانه صحبت می‌کرد، برگرداند. با صدای بلند آهی کشید و گفت: «یه دقیقه برو تو اون اتاق جوابش رو بده خب. دفعۀ قبل هم جواب ندادی تلفنشو.»

دختر با همان لحن پریشان جواب داد: «نمی‌خوام ... حوصله ندارم ... می‌خوام یه دقیقه آرامش داشته باشم.»

زن به‌خوبی مشخص بود حوصله جروبحث دوباره در مورد این مسئلۀ تکراری را ندارد، با کلافگی رو به دختر کرد و گفت: «خب یه پیام بده بگو الان نمی‌تونی صحبت کنی، بعداً حرف می‌زنی.» بعد هم ادامه داد: «من نمی‌فهمم چرا این‌قدر برای تو سخته با مادربزرگات صحبت کنی؟»

زن جواب این سؤال را شاید به‌خوبی می‌دانست، ولی باز هم فکر می‌کرد دو دقیقه حرف زدن برای دختر نوجوان نباید آن‌قدر سخت و اضطراب‌آور باشد. دختر نوجوان ده سالی می‌شد که مادربزرگ‌هایش را از نزدیک ندیده بود و اگرچه به نظر می‌رسید احساس محبتی بدون انتظار و چشم‌داشت به آنها دارد، اما از توقعات بی‌منطق و حرف‌های تکراری‌شان دل خوشی نداشت و هیچ قصد نداشت تا آن تجربه‌ها را مجدد تکرار کند.

دختر سرش را بر روی موبایلش خم کرده بود، با دو دست به سرعت فینگلیش تایپ می‌کرد و می‌نالید که: «فارسی من خوب نیست و هر بار باهاشون صحبت می‌کنم احساس می‌کنم همش دارم جاج (قضاوت) می‌شم و باید کسی دیگه‌ای غیر از خودم باشم، چون آروم حرف می‌زنم یا یه چیزی که باید بگم و نمی‌گم و چیزی که نباید بگم و می‌گم یا موهام کجه .... جوش زدم!»

زن سری تکان داد و به فکر فرو رفت که ناگهان صدای نوتیفیکیشن موبایل ابر افکارش را در هم تنید. موبایل سامسونگ را از روی کاناپهٔ کنار دستش برداشت و عینک بنفش مطالعه را بر چشم زد. مادرش پیام فرستاده بود: «چرا تلفناتون رو جواب نمی‌دین؟»

خنده‌ای از روی کلافگی کرد و به یاد تمام دفعاتی افتاد که به اسم احترام و به‌خاطر احساس گناه مجبور به تحمل رفتارها و کارهایی شده بود که حس احترام او به خودش را زیر سؤال برده بود. به یاد آن روزهای دانشجویی افتاد که

باردار بود و تنها دور از همسرش که برای مأموریتی چند ماهه به کیش رفته بود، در خانه‌شان در تهران زندگی می‌کرد. آپارتمان کوچک یک‌خوابه در زیرزمین خانهٔ دوطبقهٔ بزرگ دایی همسرش در شمال شهر، کمی کمتر از نرخ بازار به آنها اجاره داده شده بود و هنوز خط تلفن نداشت. او که بدون ماشین یک بعدازظهر خسته و کوفته با تاکسی و اتوبوس، دیر وقت از دانشگاه به خانه باز می‌گشت با دیدن زن‌دایی‌جان در بدو ورود غافلگیر شد. هنوز هم نمی‌فهمد آن روز مادرش برای چه ناگهان تصمیم می‌گیرد سراغ او را از خانوادهٔ شوهر و صاحب‌خانه بگیرد و گریه و زاری کند پای تلفن که: «دخترم کجاست؟ او که جایی برای رفتن ندارد!»

آن روز زن‌دایی‌جان توبیخش کرد که چرا با مادرش در تماس نبود، از منزل آنها به مادرش تلفن کرد و پای تلفن با شنیدن حرف‌های مادرش دلش برای خودش سوخت و از احساس گناه و بدبختی گریه هم کرد!

ولی او نه بدبخت بود، نه بی‌کس و نه بیکار که بیست و چهار ساعت پای تلفن عمومی باشد و گزارش لحظه به لحظهٔ زندگی‌اش را به مادرش بدهد. او از لحظه به لحظهٔ زندگی مادرش یا هیچ‌یک دیگر از اعضای خانواده‌اش خبر نداشت و انتظار هم نداشت که باخبر باشد، اگر آنها حقی برایش قائل نمی‌شدند که او را در جریان همهٔ اخبار بگذارند.

حالا دیگر صحبت از او نبود، صحبت از فرزندان او بود که فرسنگ‌ها دورتر از مادر و خانواده زندگی می‌کردند و هنوز به آنها حس گناه برای در دسترس

نبودن با ارادهٔ دیگران داده می‌شد. به خاطر آورد چطور سال‌ها چشم‌وگوش‌بسته خودش هم حلقه‌ای از این زنجیر شده و ندانسته به فرزندانش احساس گناه و عدم توانایی را القا کرده بود. از یادآوری حماقت‌هایش احساس شرمندگی وجودش را فراگرفت و لبانش را گزید.

زن کمی فکر کرد و در جواب مادر نوشت: «مامان‌جان وقتی کسی جوابتون رو نمی‌ده لابد نمی‌تونه و در شرایطی نیست که جواب بده. می‌شه این‌قدر گیر ندین و آدم‌ها رو معذب نکنین؟»

در حین نوشتن این کلمات به یاد حرف‌هایی افتاد که احتمالاً خواهد شنید و یا در طول سال‌ها شنیده بود:

«مادر گناه داره، دل مادرتو بشکونی خدا نمی‌بخشدت.»

«اگه مادرت دیگه بهت زنگ نزد و سراغتم نگرفت ناراحت نشیا.»

«خب مادره دیگه، دلواپس می‌شه.»

«دخترم آخه این‌قدر بی‌چشم و رو.»

و ....

و با خود به تمام آن جواب‌هایی فکر کرد که باید می‌داد:

«مادر گناه نداره؛ بلکه مسئولیت داره، مسئولیت دادنِ احساس زیبا بودن، قوی بودن و مستقل بودن به فرزندان؛ نه حس ترحم و بی‌عرضه بودن.»

«توی دنیای رؤیاها دل هیچ‌کس نباید شکسته بشه.»

«اگه هر مادری وقتی چیزی که باب میلش نیست از فرزندانش بشنوه و بخواد دیگه سراغشون رو نگیره، پس یه مادر واقعی نیست.»

«همه دلواپس می‌شن، اما اگه هرکس به‌خاطر دلواپسی و آرامش خودش کارهای نامعقول بکنه و توقعات نامعقول داشته باشه که دیگه سنگ هم رو سنگ بند نمی‌شه.»

«و اگه قرار باشه دوست داشتن از روی حس گناه باشه، اسمش می‌شه ترحم نه دوست داشتن... .»

من و نیم‌من

زن خیلی خوب بلد بود تا تمام مکالمات و توجهات را به‌سمت خودش سوق دهد. زن فربه بود و سفیدروی با موهای بلند فرفری و رنگ‌شدۀ خرمایی‌رنگ.

لب‌های کلفت و برآمده، بینی بزرگ و پهن و چشم‌های قهوه‌ای تیرۀ زن ترکیبی را آفریده بودند که با معیارهای تعریف‌شدۀ جامعه زیبا به حساب نمی‌آمدند، اگرچه اعتماد به نفس او در صحبت کردن و استفاده از اعضای بدنش بیننده را مجذوب می‌کرد.

روبه‌روی زن فربه، دختر جوان خوش‌اندامی با موهای کوتاه پسرانۀ قهوه‌ای‌رنگ و گوشواره‌های حلقه‌ای گرد نشسته بود. چشم‌هایی جذاب و گیرا داشت با مژگانی بلند و تابدار، بینی قلمی، لب‌هایی باریک و لبخندی دلنشین. دختر کمی جوان‌تر از زن می‌نمود؛ اگرچه همسن بودند، چهره‌اش معصومیتی کودکانه داشت و برخلاف زن فربه خجالتی بود و این خجالتی بودن در طرز نشستن و حرکات بدنش به‌خوبی دیده می‌شد.

کافهٔ کوچک مرکز خرید دنج بود و پر از مشتری. نور زرد، دکور چوبی قهوه‌ای تیره و تابلوها و تزیینات آنتیک روی دیوار، محیط شاعرانهٔ کوچکی را به وجود آورده بود. دختر نفس عمیقی کشید و با ولع بوی قهوهٔ بوداده را که فضای کافه مملو از آن بود، بلعید و در صندلی کمی جابه‌جا شد. صندلی چوبی کوچک کمی ناراحت بود. امبر طبق معمول صندلی چرمی راحت‌تر را که به سمت دیوار کافه قرار داشت در بدو ورود تصاحب کرده بود. دختر زیرچشمی به امبر چشم دوخته بود و با خود فکر می‌کرد: «با این هیکل تپلیش خوب از من چابک‌تره ... شاید هم بی‌ملاحظه‌تر!»

پسر جوانی که در کافه کار می‌کرد به‌سمت آنها آمد، با نگاهی سریع مشتریانش را برانداز کرد، مدادی را بر روی دفترچهٔ کوچک سفارشات آمادهٔ نوشتن نگه داشته، متمایل به‌سمت امبر ایستاده و پرسید: «چی میل دارین؟»

امبر سرش را از روی منویی که در دستانش بود بلند کرد و با لبخند و لحنی ملایم رو به پسر جوان گفت: «من یه موکا می‌خورم با بلوبری تارت.» و به مونا در آن سوی میز خیره چشم دوخت. مونا همیشه از طرز نگاه‌های امبر به خودش متنفر بود؛ چون باعث می‌شد دستپاچه شود. نگاهش دریده بود مانند حیوان درنده‌ای که هر لحظه آمادهٔ حمله کردن به طعمه‌ای است. مونا رو به پسرجوان کرد و با صدایی آرام که گویی از ته چاهی درمی‌آمد، گفت: «برای من لطفاً یه کاپوچینو بیارین و یه رَزبری چیزکیک.»

پسر جوان درحالی‌که نگاهش را به دفترچه سفارشاتش دوخته بود و خودکارش

را همچنان آمادهٔ نوشتن نگه‌داشته بود، پرسید: «موکا و کاپوچینو تو فنجون باشه یا لیوان دسته‌دار.»

امبر طبق معمول پیشدستی کرد و گفت: «فنجون.»

مونا هم سری به علامت تأیید تکان داد و گفت: «فنجون لطفاً.»

در کنار امبر زندگی یک مسابقهٔ بی‌پایان و خسته‌کننده بود؛ مسابقه‌ای که حتی هنگام سفارش قهوه هم وارد استراحت بین دونیمه نمی‌شد. امبر به سبک اغلب مهاجران اولیهٔ استرالیایی که حداقل یکی از اجدادشان مجرمان یا مهاجمان انگیسی بودند، عادت به تشکر، خواهش و یا عذرخواهی کردن نداشت، به‌خصوص از کسانی که از نظر اجتماعی و مالی از او پایین‌تر بودند. او استفاده کردن از این لغات را نشانهٔ ضعف می‌دانست؛ اما در مقابل صاحبان منصب و قدرت تبدیل به موجودی صمیمی و همیشه آماده به خدمت می‌شد.

مونا و امبر چند سالی بود که همدیگر را می‌شناختند. مادر و پدر امبر وقتی او نوجوانی بیش نبود از هم جدا شدند. پدرش ازدواج مجدد کرده بود، یک پسر پنج‌ساله داشت و با همسرش زندگی خوبی داشتند. مادر امبر یک روز بعد از هجده سالگی او، در مزرعهٔ خارج از شهرشان، حیوانات و امبر را رها و به خانهٔ دوست‌پسرش نقل مکان کرد تا زندگی جدیدی را آغاز کند. امبر یکی از اتاق‌های خانه را به دوستی اجاره داد، ولی در نهایت نتوانست از پسِ هزینهٔ زندگی و نگهداری حیوانات بربیاید

و یک روز گریان با پدرش تماس گرفت و در مقابل مبلغی اندک یکی از اتاق‌های خانهٔ آنها را در شهر اجاره و به خانهٔ پدر نقل مکان کرد. امبر مادرش را از نظر روانی زنی نامتعادل می‌دانست و با پدرش و خانوادهٔ او رابطهٔ خوبی داشت. مونا از روابط خانوادگی آنها سر در نمی‌آورد و تنها یک‌بار پدر او را دیده بود و همان یک‌بار کافی بود تا به یاد مصاحبهٔ رابین ویلیامز با دیوید لترمن بیفتد که به شوخی گفته بود: «استرالیایی‌ها همان انگلیسی‌های سطح پایین و تحصیل‌نکرده هستند!»

و تا آنجایی که مونا دستش آمده بود، اکثریت به گمانشان تمام مردم خاورمیانه تهیدست، جنگ‌زده، عقب‌مانده و احتمالاً تروریست بودند که با قایق و به‌طور غیرقانونی به استرالیا پناهنده شده بودند!

مونا تنها دوست ایرانی امبر بود که شانزده سال پیش وقتی فقط سیزده سال داشت با خانواده از ایران به‌عنوان مهاجر مهارتی و با ویزای دائم و کلی پول نقد به استرالیا آمدند. خانوادهٔ مونا از طبقهٔ مرفه و تحصیل‌کردهٔ ایران به حساب می‌آمدند که در آرزوی زندگی بهتر سرزمین کهن و زیبای مادری را با یک‌دوجین فامیل و دوست و آشنا ترک کرده بودند. مهاجرت در سیزده سالگی به دیاری غریب و ناآشنا با فرهنگی کاملاً متفاوت کار آسانی نبود. به یاد آن روز در هواپیما موقع ترک آسمان ایران افتاد. پدرش به‌وضوح نگران و پریشان بود و حتی یک‌بار قبل از حرکت هواپیما رو به مادرش گفت: «بیا همین الان پیاده بشیم!»؛ اما مادرش که خودش به‌زور ظاهرش را آرام نگه داشته بود، کسی نبود که به این زودی جا بزند و با تسلیم شدن،

یک عمر حرف مفت فامیل را به جان بخرد، پس با تندی رو به او کرد و گفت: «خل شدی!؟». ولی عجب حس و حال بدی بود حس مهاجرت. هنوز با به خاطر آوردن حس وامانده غریب آن روز تمام بدنش به لرزه می‌افتاد.

امبر ناگهان رشتهٔ افکار به‌هم‌گره‌خوردهٔ مونا را با صدای بلند و نخراشیده‌ای پاره کرد و گفت: «از ایزابل چه خبر؟ تازگیا دیدیش؟»

ایزابل دختر مو بور، سفید، چشم‌آبی، قدبلند و درشت‌هیکل آفریقای جنوبی مهاجر دیگری بود از قاره‌ای دوردست که سه سالی می‌شد به جمع خوش‌شانسان مقیم استرالیا ملحق شده بود. البته او از خوش‌شانس‌ترین‌ها بود؛ چراکه به‌علت شباهت‌های اداری بسیار بین دو کشور که هر دو از انگلستان الگوبرداری شده است، راهی را که پدر و مادر مونا با هزار بدبختی و پرداختن هزاران دلار و به‌تنهایی در عرض ده سال طی کرده بودند، ایزابل و خانواده‌اش با کلی کمک و حمایت قانونی در مدت کوتاه سه سال به‌راحتی به آن رسیده بودند. ایزابل با وجودی که مدرک تحصیلی دانشگاهی نداشت به‌واسطهٔ تجربیات کاری‌اش در آفریقای جنوبی، قبل از آمدن به استرالیا، کار مرتبط را از راه دور پیدا کرده و شرکت مورد نظر تمام هزینه-های سفر و اقامت او را تقبل کرده بود؛ درصورتیکه پدر و مادر مونا سال‌ها به بهانه‌هایی مثل نداشتن سابقهٔ کاری محلی با وجود داشتن مدارک تحصیلی معتبر و سابقهٔ کاری در ایران به‌اجبار به کارهای نامرتبط تن داده بودند. خانوادهٔ مونا به‌علت ایرانی بودن با داشتن ویزای دائم در بدو ورود هم برای پیدا کردن خانهٔ اجاره‌ای با

مشکلات عدیده‌ای روبه‌رو شده بودند.

مونا شانه‌هایش را با بی‌تفاوتی بالا انداخت و گفت: «نه، آخرین باری که دیدمش تو کتابخونهٔ مرکز شهر بود، بهت که گفتم همون روزی که سر از سیستم کامپیوتری کتابخونه درنمی‌آورد و وقتی من داشتم بهش نشون می‌دادم در کمال ناباوری زد روی پشت دست من و موس رو از دستم گرفت. یادته که؟»

امبر سری تکان داد و با خندهٔ ریز و مسخره‌ای گفت: «آره یادمه. با من جرأت انجام دادن این کارا رو نداره.»

مونا گفت: «البته منم همون موقع بهش توپیدم. می‌دونی می‌گن اگه می‌خوای کسی رو بشناسی به رفتارش نه‌تنها با خودت که با بقیهٔ آدمای دوروبرش هم دقت کن.»

و لبخند بر لب ادامه داد: «من نمی‌دونم چرا هر بار ایزابل رو می‌بینم ناخودآگاه به یاد خونه‌های سفید و ایوان‌دار مزارع پنبه می‌افتم ...» لبخندش دیگر محوشده بود وقتی افزود: «... و زنی در لباس پفدار بر روی ایوان که به مردان و زنان آفریقایی رنگین‌پوست با پرخاش و تندی دستوراتی می‌دهد!»

امبر مانند اغلب استرالیایی‌های جوانی که همیشه وظیفهٔ خود می‌دانستند دانش محدود خود درمورد دنیا را برای آگاه کردن هرچه بیشتر مهاجران ازراه‌رسیده به‌خصوص خاورمیانه‌ای‌های جنگ‌زده به کار گیرند، با لحنی دانشمندانه و کمی

عتاب گفت: «تو نباید این حرفو بزنی. ایزابل آدم بدی نیست، فقط کنترل کردن آدما رو دوست داره!»

مونا آهی کشید و با خودش فکر کرد: «ایزابل کنترل کردن آدما رو دوست داره، امبر هم که تمام علائم بالینی یه خودشیفتهٔ (نارسیسیست) واقعی رو داره، منم که از احساس عدم اعتماد به نفس و ناامنی رنج می‌برم. در واقع نصف مردم دنیا دچار خودشیفتگی هستن و نصف دیگه دچار تزلل، این بحث احتمالاً پایان خوشی نداره!» پس رو به مونا کرد و گفت: «آره راست میگی. ایزابل عاشق گربه‌هاست. آدمی که عاشق گربه‌ها باشه حتماً آدم بدی نیست!»

پیشخدمت جوان کافه بالاخره سروکله‌اش با دو فنجان قهوه پیدا شد. فنجان‌ها را با بی‌حوصلگی بر روی میز در مقابل امبر و مونا قرار داد و با لحنی جویده گفت: «کیک‌ها رو هم الان می‌آرم.» مونا زیر لب تشکر کرد، با قاشق کف روی قهوه‌اش را به آرامی جمع کرد، در دهان گذاشت و به فکر فرو رفت. به یاد آن دوست رنگین‌پوست آفریقای جنوبی‌اش افتاد که همزمان با ایزابل و با ویزای کار به استرالیا آمده بود. به خاطر آورد که به او گفته بود تا قبل از برنده شدن اسکار توسط شارلیز ترون همیشه فکر می‌کرده مردم آفریقای جنوبی همه سیاه‌پوست هستند و او خنده‌کنان در جواب گفته بود: «تو درست فکر کردی. این سفیدپوست‌ها از نوادگان اروپایی‌هایی هستن که در ادوار مختلف آفریقا رو استثمار کردن.» به خاطر آورد که دن به او گفته بود در شناسنامه‌هایشان بخشی به نام نژاد وجود دارد

که در آن نوشته شده سیاه یا سفید. به او گفته بود پدر و مادرش حق داشتن پاسپورت و خروج از کشور را دردورهٔ آپارتاید نداشتند. دن و ایزابل با هم همکار بودند و رفت‌وآمد خانوادگی محدودی داشتند؛ هرچند دلایل مهاجرتشان کاملاً متفاوت بود. ایزابل همیشه از ناامنی و وضعیت نابسامان آفریقای جنوبی در حال حاضر می‌گفت و حتی یک‌بار به او و دیگران عکس‌هایی به‌شدت ناراحت‌کننده از پیرزن سفیدپوستی را نشان داده بود که به دست سیاه‌پوستان کتک خورده بود. ایزابل آمده بود که برای همیشه در استرالیا بماند؛ کشوری که همانند آفریقای جنوبی، هند، کانادا و چهل و نه کشور دیگر به‌عنوان ملت‌های مشترک‌المنافع یا کامن ولس شناخته می‌شدند. این کشورها در زمانی نه‌چندان دور مستعمرهٔ امپراتوری بریتانیا بوده و ملکهٔ انگلیس همچنان فرد اول شانزده کشور در این لیست محسوب می‌شد و نمایندگان خود را در این کشورها داشت. از فکر رعیت ملکهٔ انگلستان بودن لبخندی تلخ بر لبان مونا نشست. برعکس ایزابل، دن نیامده بود که بماند. او عاشق کشورش بود و تصور بازنشسته شدن در کشور زیبای استرالیا دور از دوستان و آشنایانش به نظرش امری محال بود.

بالاخره مونا سکوت را شکست، سعی‌کرد با یک تیر دو نشان بزند و گفت: «به نظرت ایزابل نارسیسیست نیست؟» امبرکه معلوم بود درک درستی از این لغت ندارد، اما غرورش اجازه نمی‌دهد به کمبود دانش در مقابل مهاجر خاورمیانه‌ای اعتراف کند، گفت: «مطمئن نیستم. چرا اینو می‌گی؟»

مونا می‌دانست که در استرالیا سندرمی هست به نام سندرم شقایق بلند. می‌دانست که استرالیایی‌ها نطق آدم‌هایی را که به دانش و موفقیت‌های خود می‌بالند مانند آن شقایق قدبلندی که وسط مزرعهٔ شقایق‌ها روییده، چنان می‌چینند که هوس روییدن دوباره نکند. صابون این جماعت بارها به جامه‌اش خورده بود؛ در مدرسه، در دانشگاه و در محیط کار. تا قبل از دیدن مشاور دانشگاه که نسل دوم مهاجران اروپایی بود، نمی‌دانست این رفتار چنان بین این جماعت متداول است که سندرمی از این میان متبلور شده!

پس سعی‌کرد متواضع به نظر بیاید وقتی شروع کرد به تشریح علائم بالینی این بیماری که به‌وضوح در خود امبر دیده بود: «هیچی، فقط به نظرم نیاز شدیدی به مورد توجه واقع شدن داره، به احساسات دیگران زیاد اهمیت نمی‌ده، از انتقاد اصلاً خوشش نمی‌آد، توانایی شنیدن انتقاد و عکس‌العمل درست نشون دادن در مقابل انتقاد رو نداره و از همه مهمتر فکر می‌کنه باید حقوق و مزایای بیشتری نسبت به دیگران داشته باشه.»

امبر از ایزابل خوشش می‌آمد؛ چون ایزابل با زرنگی و درست برخلاف مونا حس خودشیفتگی امبر را ارضا می‌کرد. برای مونا کاملاً روشن بود دفعهٔ بعدی که امبر ایزابل را ببیند با شور و اشتیاق پشت سر او حرف زده و تمام حرف‌های امروز او را موبه‌مو به ایزابل منتقل خواهد کرد؛ پس کاملاً نگاه چپ‌چپ امبر را نادیده

گرفت و ادامه داد: «می‌گن آدمایی دچار این بیماری می‌شن که در جایی از زندگی‌شون فهمیدن کسی جز خودشون ازشون نگهداری نمی‌کنه و بهشون توجه نداره پس شروع می‌کنن به قرار دادن خودشون در مرکز زندگی خود و دیگران و از هر راهی استفاده می‌کنن تا همیشه در مرکز بمونن. معمولاً بچه‌های این افراد با قرار دادن کورکورانۀ اونا به‌عنوان الگوی تربیتی می‌شن کپی برابر اصل یا زیر سایۀ این خودشیفتگی از خودشون بیزار می‌شن؛ چون شبیه الگوی تربیتی‌شون نیستن. به هر صورت به نظر من از افرادی که این بیماری رو دارن، فرزندان سالمی نمی‌تونن تحویل جامعه بدن.»

امبر همچنان ساکت بود و مونا پیش خودش فکر کرد: «احتمالاً زیاده‌روی کرده!» خوشبختانه پیشخدمت خونسرد که با دور آهسته کار می‌کرد با کیک‌ها از راه رسید و همانطوری‌که کیک‌ها را بر روی دست نگه داشته بود، پرسید: «رزبری چیزکیک؟» مونا جواب داد: «برای منه، ممنون.» مرد جوان کیک‌ها را در مقابل مشتریانش گذاشت و پرسید: «چیز دیگه‌ای احتیاج ندارین؟» امبر در جواب با لحن محکم و بلندی که احتمالاً همۀ کافه شنیدند، گفت: «نه، فعلاً همین کافیه.»

و بعد منتظر شد تا پیشخدمت از آنها فاصله بگیرد و همان‌طورکه سعی می‌کرد تکه‌ای از کیک را جدا کرده و در دهان بگذارد، ادامه داد: «من این چیزایی رو که تو می‌گی در ایزابل ندیدم، به نظرم ایزابل آدم مهربون و خوبیه.». مونا از اول هم می‌دانست این بحث سرانجامی ندارد. با خود فکرکرد: «یکی دیگه از علائم این

بیماری احساس افتخار به خود و ندیدن هرگونه از این علائم در خود و دیگرانه»؛ پس در کمال اطمینان تشخیص نارسیسیست بودن امبر را برای خودش تأیید کرده و با لبخندی پیروزمندانه سری تکان داد و گفت: «راستی این فیلم بانوان سیاه‌پوش رو ببین خیلی قشنگه.» و شروع کرد به خوردن کیک تازه و خوشمزه‌ای که به زیبایی تزیین شده بود.

امبر درجواب گفت: «آره تبلیغش رو تو نت فلیکس دیدم. فیلم استرالیایی هست. قشنگه؟»

مونا جواب داد: «آره درمورد جامعۀ استرالیا در اواخر دهۀ پنجاهه. من خوشم اومد به‌خصوص که تازه با خونواده رفتیم بلو مانتینز و هایدر و مجستیک هتل و درمورد مایک فوی و اون دوره چیزای جالبی یاد گرفتم.»

مونا اهل صحبت‌های کوتاه، روزمره و تعریف و تمجیدهای بی‌پایه و اساس نبود و این مکالمۀ یک‌طرفه و سانسور شده، خسته‌کننده و یک‌جورهایی آزاردهنده بود. دخترها خوردن بقیۀ کیک‌هایشان را با تبادل چند کلمه‌ای درمورد طعم خوب و شکل زیبای آن تمام کردند. مونا بعد از سال‌ها زندگی در استرالیا خوب یاد گرفته بود که سفیدپوستان استرالیایی که خودشان را صاحبان به حق این کشور می‌دانستند، به هیچ عنوان تحمل انتقاد از کشوری که اجدادشان به‌عنوان مجرم از انگلستان به آنجا فرستاده شده بودند، نداشتند؛ آن هم از زبان یک مهاجر تازه‌وارد. فرهنگ

طبقاتی و سرمایه‌محور انگلیسی، پنهان در پشت نام لیبرال‌دموکرات آنها را رعیت‌هایی مطیع وگوش‌به‌فرمان و همیشه در هراسِ از دست دادن بار آورده بود که به‌شدت در مقابل تغییر و نوآوری خارج از چارچوب تعریف‌شدهٔ جامعه مقاومت می‌کردند.

جایی در فیلم بانوان سیاه‌پوش مگدا مهاجر اروپایی اهل اسلونی به رودی مهاجر اهل مجارستان که بعد از جنگ به استرالیا پناهنده شده، می‌گوید: «تمام دختران فرهیختهٔ استرالیایی از کشور رفتن یا در حال جمع کردن هزینهٔ سفرشون هستن که برن!»

به نظر می‌رسد هنوز بعد از گذشتن چند دهه از داستان زنان سیاه‌پوش همچنان جامعهٔ استرالیا روند پیشرفت کندتری را نسبت به جوامع اروپایی و آسیایی طی می‌کند؛ چراکه در مقابل انتقاد و تغییر به‌شدت موضع دفاعی دارد و در نتیجه، افراد جوان فرهیخته که فرصت‌های پیشرفت و ترقی خود را محدود می‌بینند، فرار را بر قرار ترجیح می‌دهند!

مدرسه‌ای برای پسران جنتلمن

برگ‌های رنگارنگ و زیبای پاییزی محوطهٔ ساختمان قدیمی دادگاه گلبورن را پر کرده بودند. یکی از روزهای مطبوع و دلپذیر اواسط اپریل بود که من، همسرم و دخترم تصمیم گرفتیم برای یک گردش یک‌روزه راهی یکی از شهرهای اطراف کنبرا شده و تنهایی را که با مهاجرت به استرالیا برای خودمان به ارمغان اورده بودیم، برای لحظاتی به ورطهٔ فراموشی بسپاریم. در اطراف ساختمان سرگردان بودم که همسرم با مجله‌ای در دست و چهره‌ای پیروزمندانه از دور نمایان شد. با اشتیاق مجله‌ای را که از مرکز اطلاعات شهر گرفته بود به من نشان داد، ظاهراً این شهر کوچک و به قولی اولین شهر دور از اقیانوس در استرالیا، مراکز توریستی کم نداشت!

دیدن موزه‌ها و ساختمان‌های قدیمی یکی از تفریحات و سرگرمی‌های همیشگی من بوده و هست. در آن روز فرحبخش پاییزی که هنوز می‌شد گرمای خورشید را بر روی صورت‌های عریانمان حس کنیم و خوشبختانه از هوای سرد و بادهای سوزناک خبری نبود و بعد از یک هفتهٔ پراضطراب کاری تنها یک خلأ

بی‌فکری و بی‌زمانی می‌توانست من را از واقعیت‌ها دور کرده و به دنیای رؤیاها پرتاب کند.

ناهار را در تنها کلاب رستورانِ شهر که به نظر من بهترین استیک‌ها و سرویس را داشت و به همین خاطر هم آن روز در گلبورن بودیم، خوردیم، و با خوشحالی و سبک‌بالی خودمان را به این خلأ بی‌فکری سپردیم. با دخترم سوار بر ماشین ماکسیمای سفید قدیمی با هم به‌سمت کشف تازهٔ همسرم راهی شدیم.

از کنار ایستگاه راه‌آهن قدیمی گلبورن که پر بود از واگن‌های کهنه و فراموش‌شده می‌گذشتیم و من در این فکر بودم تا حتماً یکی از این روزها سری به این مکان گم‌شده در تاریخ هم بزنم. با شوقی نهفته در صدا رو به همسرم گفتم: «یک‌بارم بیایم اینجا رو ببینیم.» در جواب با اطمینانی که نشان می‌داد برای خوشحالی من هر کاری می‌کند، گفت: «می‌آیْم!»

خوشحالی من ...

کمی جلوتر از ریل‌های درهم‌وبرهم راه‌آهن در سمت چپ جاده، نرده‌های چوبیِ سفیدِ مرتب و منظم، از بودن یک ساختمان در آن نزدیکی حکایت می‌کرد. با شک و تردید در راستای نرده‌ها به دنبال دروازهٔ ورودی به محوطهٔ ساختمان سرعت ماشین را کم کردیم.

جاده خلوت بود و به‌ندرت ماشینی از آن جاده می‌گذشت، درست برخلاف

دویست سال پیش که این جاده شاهرگ عبور و مرور شهر گلبورن بود و ساختمان گم‌شده، مهمان‌سرایی برای مسافران و رهگذران خسته.

بالاخره ورودی اصلی به محوطهٔ ساختمان از دور پدیدار شد و ما با دودلی سوار بر ماشین در حال وارد شدن به محوطه بودیم که دو مرد میانسال را در سمت چپ درِ ورودی در حال خروج دیدیم.

شیشهٔ ماشین را کمی پایین کشیدم و رو به رهگذران که بیشتر شبیه به مزرعه‌داران محلی بودند، گفتم: «اینجا باز هست برای بازدید؟» مرد جوان‌تر لبخندزنان گفت: «بله» و خنده‌کنان ادامه داد: «فکر کردیم شما دنبال ما اومدین!» به تصور این‌که منتظر اوبِر۱ بودند خندیدم و گفتم: «ببخشید که ناامیدتون می‌- کنیم.» از مسافران بی‌مرکب تشکر کردم و وارد محوطه شدیم.

در امتداد مسیر خاکی با سرعت کمی که ناشی از عدم آشنایی به محیط بود، به راهمان ادامه دادیم. صد متر جلوتر بعد از پیچ جاده و در سمت راست، دو ساختمان بلند شیروانی‌دار شبیه سیلو ساخته‌شده از ورقه‌های عظیم فلزی و ستون‌های گرد و بلند چوبی خودنمایی می‌کردند. چند خودرو در داخل سیلوها و یک کاروان در اطراف

---

۱ تاکسی اینترنتی (Uber)

محوطه زیر درختی پارک شده بودند. به تصور این‌که کاروان باید متعلق به یک بازدیدکننده مثل ما باشد با دست همسرم را که طبق معمول سرگردان به دنبال جای پارک بود، متوجه کاروان کرده و گفتم: «همین‌جا زیر درخت بغل کاروان پارک کن.»

ساختمان اصلی و اصطبل در سمت چپ باغ قرار داشت و مرد خوش‌سیمایی که به نظر می‌رسید سال‌های جوانی را مدت‌هاست پشت سر گذاشته، کلاه کابوی بر سر سوار بر ماشین چمن‌زنی در حال زدن چمن‌های باغ بود که چشمش از دور به ما افتاد. با خود فکر کردم: «حتماً از کارمندهای این عمارته!»

مرد که بعداً متوجه شدیم نامش استوارت است و صاحب ملک، ماشین چمن‌- زنی را خاموش کرد و به‌سمت ما آمد. سلامی کرده، دستی تکان داد و پرسید: «برای بازدید اومدین؟» لبخند بر لب و هیجان‌زده در جواب گفتم: «بله. امکانش هست؟»استورات به‌سرعت متوجه لهجهٔ متفاوت ما شد و پرسید: «از کجا می‌آین؟» همسرم در پاسخ گفت: «کنبرا زندگی می‌کنیم ولی اصالتاً ایرانی هستیم ... پرشین.»

استوارت با حالتی مطمئن از خود سری تکان داد، انگار از قبل می‌دانست ما اهل کدام دیاریم!

از کنار اصطبل و پمپ قدیمی چاه آب در وسط باغ گذشتیم و وارد ایوان ساختمان اصلی شدیم. استوارت توضیح داد که این یک مِلک خصوصی است و

علاوه بر این‌که محل زندگی او و آنا همسرش بود، همچنین محلی بود برای اقامت‌-

های کوتاه مسافران و موزه‌ای برای بازدید.

ایوان کوچک با ستون‌های چوبی سبز تیره به یک بالکن مسقف با درِ ورودی

شیشه‌ای ختم می‌شد. بر روی در برگه‌ای چسبانده شده بود که بر روی آن قیمت

بلیت‌ها و تورِ خانه نوشته شده بود:

بزرگسالان ۱۵ دلار (کم‌درامدها ۱۲دلار)

بچه‌های ۱۲ تا ۱۸ سال ۵ دلار

کودکان زیر ۱۲ سال مجانی

استورات درِ شیشه‌ای با چارچوب سبز تیره را باز کرد و ما را به دست همسرش

که راهنمای تور عمارت بود، سپرد و خودش به باغ بازگشت.

ظرفی پر از انارهای ریز بر روی میز گردی در وسط بالکن مسقف قرار داشت

و ویترین شیشه‌ای باریکی، پر از چینی‌های شکسته که در طول صد و شصت سال

گذشته از محوطۀ باغ پیدا شده بودند، در سمت راست سالن به دیوار چسبیده بود.

آنا زن میانسالی با موهای رنگ‌شدۀ طلائی بلند و قدی متوسط بود، چهره‌ای بسیار

شبیه به چهره‌های ایرانی داشت و به مراتب از همسرش جوان‌تر به نظر می‌آمد.

انارهای روی میز توجه دخترم را که عاشق این میوه بهشتی است به خودش

جلب کرد و لبخندزنان آنها را به من نشان داد. آنا که به نظر می‌رسید تمام رفتارهای ما را با ظرافت خاصی تحت نظر داشت، گفت: «مال باغ هستن. فقط برای قشنگی روی میز گذاشتم.»

پول بلیت‌ها را پرداخت کردیم و با آنا از در ورودی کوچکی در سمت راست وارد راهرویی باریک شدیم. آنا با انگلیسی لهجه‌دار و لحنی دوستانه از زوج مسافر مهمانی گفت که برای تعطیلات آخر هفته مهمان آنها در یکی از اتاق‌های ویکتوریای خانه بودند و با احتیاط اتاق آماده‌شده برای مهمانان را از دور به ما نشان داد.

دیوارهای خانه پر بود از عکس‌های قدیمی ساکنان قبلی عمارت و کارهای دستی مادر استوارت. آنا به عکس مردی اشاره کرد که در راهروی باریکی در کنار درِ ورودی اصلی ساختمان به دیوار زده شده بود و گفت: «جد استوارت هست.». زیر عکس نوشته شده بود: «همیلتون هیوم.»

از نگاه آنا و از میان لهجهٔ ناآشنایش متوجه شدم که مرد داخل عکس باید فرد مهمی باشد. هیچ ایده‌ای درمورد هویت شخص مذکور نداشتم؛ پس در سکوت هر از چند گاهی سری تکان داده و منتظر ماندم تا صحبت‌های آنا که در لابه‌لای سخنانش به مابقی عکس‌های آویخته‌شده بر دیوار هم گاه‌گاهی اشاره‌ای می‌کرد، دربارهٔ پیشینهٔ فامیلی پرافتخار و آموزندهٔ استوارت به پایان برسد.

خلاصهٔ حرف‌های آنا ختم شد به این‌که همیلتون هیوم اولین کاشف استرالیایی است و استوارت نسل ششم از طرف برادر همیلتون، و البته در روزگاری نه‌چندان دور این مکان از مسافرخانه و بار تبدیل شده بود به مدرسه‌ای برای پسران پدران جنتلمن که از دور و نزدیک به این مدرسهٔ شبانه‌روزی می‌آمدند تا آموزش کلاسیک ببینند.

صحبت‌های آنا که به پایان رسید، به‌سمت اتاق‌های دیگر ساختمان به راه افتادیم.

ظاهراً روز خاصی در تقویم استرالیا بود و آنا ظرف‌های چینی و لباس‌های قدیمی‌ای را که معمولاً جلوی دید بازدیدکننده‌ها نبودند، استثنائاً آن روز به نمایش عموم گذاشته بود.

تماشای آن ظروف چینی قدیمی و زردرنگ با گل‌های رز کوچک لایه‌ای از تأثر و غم بر روی دلم نشانده بود و خاطرهٔ آن روز زمستانی نزدیک عید نوروز را به یادم آورد که خاله‌ام تمام ظرف‌های مسی و قدیمی را به سمسار محله به ارزان‌ترین قیمت فروخت. رو به آنا کردم و گفتم: «عجیبه که چطور تمام لوازم قدیمی‌شون رو این‌همه سال نگه داشتن. تو کشور من مردم همیشه دوست دارن از شر هرچی لوازم قدیمیه خلاص بشن و با لوازم مدرن و جدید جایگزینشون کنن!»

آنا سری به نشانهٔ تأیید تکان داد و گفت: «آره تو یونانم همین‌طوره و مردم

زود وسایل قدیمی رو با نو جایگزین می‌کنن، اینجا خونه‌هاشون بزرگه و جا زیادی دارن.»

با خودم فکر کردم: «نه این تنها دلیلش نیست!» و بدون این‌که به خودم زحمت بازگو کردن افکارم و یک‌دوجین دلایلی که می‌توانستم برای این کار مردم استرالیا بیاورم بدهم، وارد اتاق طراحی ویکتوریایی شدم.

ساختمان مهمان‌سرای قدیمی در سال ۱۸۵۷ ساخته شد و در سال ۱۸۶۲ توسط اجداد استوارت از صاحبان اصلی خریداری و در همان سال سالن بار و اتاق نشیمن متصل به آن به اتاق طراحی دورهٔ ویکتوریایی تبدیل می‌شود. اتاق طراحی اتاق بزرگ مستطیل شکلی بود که با کاغذ دیواری قدیمی گل‌دار، پرده‌های ضخیم صورتی، فرش‌های طرح کاشان ایرانی و مبلمان دورهٔ ویکتوریایی تزیین شده بود. پیانوی چوبی گراند در سمت چپِ درِ وردی قرار داشت و بر روی آن پر بود از قاب عکس‌هایی از استوارت در حال دست دادن با سران مملکت‌های مختلف. بلافاصله عکس یکی از سران نه‌چندان محبوب را در بین عکس‌ها شناسایی کردم، ناخودآگاه لبخندی بر روی لبانم نشست، با خودم فکر کردم: «مهم نیست یه آدم بین مردمش و حتی جامعهٔ بین‌المللی محبوبیت نداشته باشه، اگه سِمَت مهمی داشته باشه آدما عکسشون با اون رو با افتخار به نمایش عموم می‌ذارن تا نشون بدن با آدمای اسم‌ورسم‌دار در ارتباط هستند!»

خیلی زود معلوم شد که استوارت سفیر استرالیا در ایران و بعد از آن در یونان

بود. با آنا در یونان آشنا شد و ازدواج کرد. آنا همسر دوم استوارت بود و ظاهراً بچه‌ای نداشت و من به‌خوبی می‌توانستم محبت مادرانه‌ای را که به دختر نوجوان من نشان می‌داد از صورت مهربان و رفتار گرمش احساس کنم.

تور خانه را تمام کردیم و به اتاق نشیمن که بیشتر به سالن‌های انتظار شباهت داشت، برگشتیم. استوارت با لباس‌های جدید و مرتب منتظرمان بود تا ساختمان اصطبل قدیمی را که در واقع از سال ۱۸۶۳ تا ۱۸۸۳ تبدیل به کلاس‌های مدرسه شده بود، به ما نشان دهد. انگار زمان در آن کلاس درس کوچک متوقف شده بود. هنوز می‌توانستیم برچسب اسم دانش‌آموزانی که برای آخرین بار بر روی آن صندلی‌ها نشسته بودند و کتاب‌های قدیمی را بر روی میز معلم ببینیم. عکس تعدادی از دانش‌آموزان مدرسه به دیوار زده شده بود. در بین آنها پسران خردسال هفت‌هشت‌ساله‌ای بودند که اگرچه پشت ژست‌های مردانه و لباس‌های مرتب و اشرافی پنهان شده بودند؛ ولی هنوز سایهٔ ترس را می‌شد به‌وضوح در چشمانشان دید. بچه‌های کوچکی که در سن کم از خانواده جدا می‌شدند تا در این مدرسهٔ شبانه‌روزی درس بخوانند. در بین این عکس‌ها افراد معروفی مثل نقاش معروف پیتر راسل و کریکت‌باز استرالیایی هیو مسی را هم می‌شد پیدا کرد!

همان‌طور که با خود فکر می‌کردم: «چه مکان مناسبی برای ساختن فیلمه!» از کلاس درس خارج شدیم و به دعوت استوارت برای صرف چای به اتاق نشیمن برگشتیم و دور میز گرد وسط اتاق نشستیم. آنا به آشپزخانه رفت و استوارت از علت

مهاجرت ما پرسید، از خودش گفت و از آثار هنری‌ای که از ایران آورده بود؛ همچنین از تقدیرنامه‌ای حرف زد که موقع خروج از ایران هدیه گرفته بود. اگرچه حدس می‌زد به چه علت ولی مشتاق بود ترجمهٔ لغت‌به‌لغت نوشته را بداند و از ما پرسید آیا می‌توانیم برایش ترجمه کنیم؟ البته که ما با اشتیاق پذیرفتیم.

آنا با سینی چای وارد شد و ما مشغول حرف زدن با آنا و صرف چای بودیم که استوارت اتاق را ترک کرد و با تقدیرنامه بازگشت. تقدیرنامه تابلوی خاتم ۲۰ در ۲۵ بود که بر روی برگه‌ای تزیین‌شده با تذهیب با خط زیبای نستعلیق از استوارت به‌خاطر کمک و همراهی‌اش در تسهیل برگزاری یک رویداد ورزشی بین تیم‌های ایران و استرالیا تشکر شده بود.

دیگر موقع خداحافظی رسیده بود و ما با آنا و استوارت قرار ملاقات بعدی را در منزل ما به صرف غذای ایرانی که استوارت به‌شدت برایش دلتنگ بود، گذاشتیم. از زوج مهربان، خوش‌برخورد و متواضع خداحافظی کردیم و از ساختمان قدیمی با ساکی پر از انارهای کوچک خارج شدیم.

سوار بر ماشین سفید قدیمی به‌سمت خانه در کنبرا به راه افتادیم و من در این فکر بودم که: «چقدر دنیا کوچیک، چقدر فرصت کم و چقدر آسمون زیبا و همیشه آبی‌ست!»

چاه آرزو

طرف‌های ظهر بود که به شهر کوچک کوما در نیو سالت ولز به فاصلهٔ ۱۱۴ کیلومتری از جنوب کنبرا رسیدیم. هوا به‌شدت گرم بود، زیر سایهٔ درختی پارک کردیم تا ساندویچ‌هایی که برای ناهارمان آماده کرده بودم خورده و به عادت همیشگی دوری داخل شهر بزنیم. از ساختمان‌های قدیمی و موزهٔ شهر، اگر موزه ای بود، و احیاناً از آنتیک‌فروشی یا فروشی‌های شهر دیدن کنیم.

آفتاب به قدری شدید بود که سوزش ناشی از سوختن را بر بر روی پوست می‌توانستی به‌خوبی احساس کنی. ساختمانِ قدیمی دادگاه شهر از دور خودنمایی می‌کرد و به فاصلهٔ کمی از دادگاه، زندان و موزهٔ زندان قرار داشت. با فونت درشت بر روی دیوار پر از عکس موزه نوشته شده بود: «جنایات در گذر زمان.»

اول متوجه زندان نشدیم و تصور کردیم فقط یک موزه آنجا باشد. آخر در تصور ما شهری که به زور ۷۰۰۰ نفر جمعیت دارد، زندان و دادگاهی به این بزرگی

می‌خواست چه‌کار!

برای مدتی دور و بر درِ ورودی موزه پرسه زدیم به امید آن‌که کسی بیاید و راه و رسمِ ورود به موزه را به ما نشان بدهد. بالاخره مرد میانسال و خوش‌قیافه‌ای با موهای سفید که یونیفرم آبی پلیس را بر تن داشت از دور پرسید: «می‌خواین از موزه دیدن کنین؟»

در جوابش سری تکان دادم و گفتم: «اگه امکانش هست.»

بعد از گفت‌وگو با افسر پلیس وارد راهروی ورودی موزه شدیم. راهروی ورودی مانند عرشهٔ کشتی تزیین شده بود. سکان و صندلی‌های چوبی قدیمی که ظاهراً متعلق به اولین کشتی‌های محکومان انگلیسی بودند در کنار توپ و زنجیر فولادی پای زندانیان که برای سرگرمی و امتحان بازدیدکنندگان در فضای مستطیل‌شکل راهروی ورودی چیده شده بودند، نظرمان را جلب کرد. پای راستم را داخل حلقهٔ انتهای زنجیر کردم که با پارچه و ابر روکش شده بود تا شاید برای یک میلی ثانیه درد محکومِ به زنجیرکشیده‌شده را تجربه کنم.

استرالیا قاره‌ای است که در سال ۱۷۷۰ توسط کاپیتان جیمز کوک به‌عنوان مستعمرهٔ پادشاهی بریتانیا شناخته شده، درسال ۱۹۰۱ به‌عنوان کشور کنونی شکل گرفته و تنها درسال ۱۹۴۸ لایحهٔ شهروندی استرالیا در آن تصویب شده است. کشوری تازه‌تأسیس و بسیار جوان با شروعی نه‌چندان افتخارآمیز مانند دیگر

مستعمرات بریتانیای کبیر!

در راهروی ورودی موزه با آن سر و وضع آلاگارسون مانند ارواحی سرگردان از دنیایی دیگر بودیم که با ولع و ناباوری تابلوهای اطلاعات موزه را بر در و دیوار می‌خواندیم.

نخستین ناوگان محکومین در سال ۱۷۸۷ با یازده کشتی از بریتانیا راهی سیدنی مرکز مستعمرهٔ نیوسالت ولز و آخرین کشتی حامل محکومین در ۱۰ ژانویه ۱۸۶۸ به استرالیای غربی وارد شد. در بین مجموعِ بیش از ۱۶۰ هزار محکومی که به استرالیا فرستاده شدند، کودکان بسیاری هم بودند. کودکانی کم‌سن‌وسال که به‌خاطر دزدیدن ماهی از یک برکه یا قطع کردن درختی با قاتلان و بچه‌دزدان همسفر شده بودند.

تمام در و دیوار راهروی ورودی موزه پر بود از تابلوها و علائمی که بیننده را به ۲۳۴ سال قبل پرتاب می‌کرد. باور این‌که در زمانی نه‌چندان دور سرنوشت زنان، مردان و کودکانی که در بینشان انسان‌های بی‌گناه هم کم نبودند، توسط عده‌ای از هموطنان خودشان با قساوت و راهی شدن به سفری دور، خطرناک و دنیایی ناشناخته اینچنین بی‌رحمانه رقم خورده بود، کمی سخت و غیرممکن می‌نمود. به یاد آن تبلیغ تلویزیون استرالیا افتادم که بر ضد صادرات زندهٔ چارپایان ساخته شده. در این تبلیغ که به‌شدت از آن متنفر بودم، ترس و درد عمیق به‌طور باورنکردنی در صورت گوسفندانی که زنده در فضای کوچکی در کشتی بر روی هم انباشته

شده‌بودند، دیده می‌شد. در صحنه‌ای ملوانان گوسفندان مرده را به اقیانوس پرتاپ می‌کردند و در صحنه‌ای دیگر به محض رسیدن به مقصد با قساوت تمام همانطوری که آنها را با شلاق می‌زدند به‌زور به داخل طویله می‌فرستادند. کافی بود تنها جای این گوسفندان را با انسان‌های بخت‌برگشته‌ای که ۲۳۴ سال قبل با کشتی به استرالیا فرستاده شده بودند عوض کنید تا به عمق درد آنها و قساوت انسان‌نماها بیشتر پی ببرید.

برای مدتی در آن راهروی مستطیلی‌شکل کوچک سرگردان بودیم که ناگهان مردی قوی‌هیکل و قدبلند دوان‌دوان به‌سمت ما آمد. مرد سری گرد و بی‌مو، صورتی مهربان و رفتاری دوستانه داشت. پیراهن آستین‌کوتاه، شلوار کوتاهی به رنگ سبز و جلیقهٔ زرد فسفری مخصوص کارگران ساختمانی بر تن داشت که بعداً متوجه شدم یونیفرم‌شان بود. نفس‌نفس‌زنان سلامی کرد و پرسید: «می‌خواین راهنمای تور داشته باشین؟» از نظر من اشیای موزه‌ها با توضیحات یک راهنماست که جان می‌گیرند و بازدید از موزه‌ها با وجود راهنما لطفی دوچندان دارد؛ پس با لبخند سری تکان دادم و گفتم: «بله لطفاً» و بعد به صندوق مستطیل‌شکلی که ظاهراً برای اهدای پول به موزه در ابتدای راهروی ورودی نصب شده بود اشاره کردم و ادامه دادم: «نباید چیزی پرداخت کنم یا بلیتی بخرم؟» باسرعت سرش را تکان داد و گفت: «نه احتیاجی نیست.» و با همان سرعت و شدت ادامه داد: «من از زندانیان این مجموعه هستم. شما نمی‌تونین از من یا زندانیان دیگه عکس بگیرین یا در مورد جرایمی که مرتکب شدیم ازمون سؤالی بپرسین، ولی هر چقدر دلتون بخواد

می‌تونین از موزه عکس بگیرین.»

برای اولین بار بود که در عمرم یک زندانی می‌دیدم و از آنجایی‌که با دخترانم بودم کمی نگران و معذب شدم؛ هرچند تمام سعی خود را کردم تا چهره‌ام آرام و عاری از هر نگرانی به نظر برسد. راهنمای موزه از ما خواست تا بر روی یکی از نیمکت‌های چوبی تکیه داده‌شده به دیوار بنشینم. نیمکت در راهروی ورودی قرار داشت که عرشهٔ کشتی را تداعی می‌کرد و کمی شبیه به نیمکت‌های کلیسا بود. خودش هم بر روی نیمکت مقابل ما نشست. اگرچه من زن قدبلندی هستم، اما شاید برای اولین بار در بزرگسالی‌ام بر روی نیمکتی می‌نشستم که پاهایم نمی‌توانست زمین را لمس کند. بعد از توضیح راهنما بود که متوجه شدم نیمکت ما در واقع مختص محکومان بود و صندلی زاویه‌دار آن از تماس پای محکومین با زمین جلوگیری کرده و فرار را برای آنها مشکل یا شاید غیرممکن می‌کرده است. در مقابل نیمکت چوبی با نشیمنگاه صاف برای مأموران بریتانیایی بود که وظیفهٔ زندان‌بانان را بر عهده داشتند.

وقتی با لحنی ناباورانه درحالی‌که به‌طور ناخودآگاه تصویر ژان والژان ِ کتاب بینوایان اثر ویکتور هوگو را در ذهن داشتم، از او پرسیدم: «آیا این حقیقت داره که بعضی از این محکومین فقط برای دزدیدن یک قطعه نان به این سرنوشت اسفبار دچار شدن؟» مرد لبخند تمسخرآمیز و تلخی زد، سرش را به نشانهٔ تأیید به‌آرامی تکان داد و گفت: «بعضی از این محکومین به جرم قطع کردن درختان به استرالیا

فرستاده شدن و اولین کاری که به آنها محول شده بریدن درختان بوده!»

نقاشی‌ای از طبیعت زیبای استرالیا بر روی دیوار راهروی ورودی دیده می‌شد. مرد به نقاشی اشاره کرد و گفت: «یکی از زندانیا اینو کشیده.» به‌آرامی گفتم: «قشنگه» و پیش خودم فکر کردم: «حتماً رؤیای آزادی در سر داشته وقتی این نقاشی رو می‌کشیده.»

مرد به نمودار جرم و جنایت در نیو سالت ولز که بر روی دیوار آویزان بود اشاره کرد و توضیح داد که چطور روند رشد این نمودار در طی سال‌ها هرگز متوقف نشده است. از دیدن نمودار و شنیدن توضیحات راهنما مو بر تنم سیخ شد و به یک‌باره تمام امیدم را به جامعهٔ بشری از دست دادم.

بالاخره با لب‌های آویزان و گیج‌ومنگ از ضربهٔ ناشی از حقیقت عریانِ پیشِ رو وارد ساختمان اصلی موزه شدیم. فضای ساختمان به‌شدت سنگین و غم‌انگیز بود. در اولین اتاق در کنار دیوار ویترین‌های شیشه‌ای قرار داشت پر از لوازم و مدارک مربوط به اولین محکومان مهاجر. در یکی از این ویترین‌ها دو شلاق چرمی دیده می‌شد. یکی با نوارهای چرمی پهن برای کودکانِ محکوم و دیگری با نوارهای چرمی نازک برای محکومان بزرگسال. حتی در قابی بر روی دیوار درخواست کار یک جلاد دیده می‌شد که در کنار آن نوشته شده بود: «این مرد هر کسی را می‌تواند اعدام کند.»

مرد با خنده به قاب اشاره کرد وگفت:

"An application for a dead end job!"

عکس مجرمان و زندان‌های معروف استرالیایی بر روی دیوارها دیده می‌شد. مرد مشتاقانه درمورد زندانیان و فرارهای معروف تاریخ استرالیا با جزئیات صحبت می‌کرد، لوازم اصلی به کار رفته توسط زندانیان را به ما نشان می‌داد و هر چند یک‌بار متذکر می‌شد که او و سایر زندانیانِ مشغولِ کار در موزه، جرایمی جدی مرتکب نشده‌اند، وگرنه چنین مسئولیت‌هایی به آنان داده نمی‌شد. اگرچه من احساس ناخوشایندی از بودن در آن محیط داشتم ولی مرد واقعاً مؤدب و ملاحظه‌کار می‌نمود و توضیحات مکررش خاطرم را آسوده می‌کرد.

یکی از اتاق‌های مجموعه اختصاص داشت به وسایل دست‌ساز و غیرمُجازی که از زندانیان ضبط شده بود؛ وسایلی که من تا آن روز فقط در فیلم‌های هالیوودی دیده بودم. در گوشه‌ای دیگر از این مجموعه سلولی دقیقاً مشابه آنچه در فیلم گرین مایلز برای زندانیانِ به قولی روانی استفاده می‌شد، قرار داشت که حتی دیدنش بدنم را به لرزه می‌انداخت. و در نهایت در انتهای سالن طویلی نزدیک به درِ خروجی موزه، مدلی از سلولِ زندان مدرن با نمونه غذاهای زندانیان برای بازدید عموم ساخته شده بود. راهنما، گروه کوچک ما را که در میان راهِ بازدید از موزه به تعداد آن اضافه شده بود به وارد شدن به داخل سلول و بازدید آن از نزدیک تشویق می‌کرد؛ اما من تمایلی به وارد شدن به هیچ‌کدام از این سلول‌ها را نداشتم. درکمال ناباوری حس

زندانی‌ای را داشتم که تنها به دنبال راهی برای فرار بود.

بالاخره داخل فروشگاه موزه شدیم که صنایع دستی ساخت زندانیان را می‌-فروخت قبل از آن‌که برای دیدن چوبهٔ دار به خارج از موزه هدایت شده و در لباس یک جلاد ایفای نقش کنیم.

در بدو ورود به فروشگاه، یک ماکت کوچکِ چاه آرزو ساخته‌شده از چوب بستنی که قلب کوچک قرمز رنگی بر روی آن قرار داشت، نظر دخترانم را جلب کرد. اگرچه نه اجبار و نه نیازی به خرید کردن از موزه داشتیم، اما حسی در درونم مرا تشویق می‌کرد به بازپرداخت دینم به جامعه‌ای که جزوی از آن محسوب می‌-شدم، به امید آن‌که این کار کوچک به راهنمای ما و هم‌بندانش کمک کند تا مصمم بمانند و از فعالیت‌های غیرقانونی دور. احتمالاً به نظر بسیاری از مردم آرزویی بچگانه در سر می‌پروراندم، اما احساس می‌کردم هرچند خرید کوچک من از آن موزه می‌-توانست دانهٔ امیدی در دل زندانی‌ای بکارد.

از راهنمای‌مان پرسیدم: «کدام‌یک از اینها ساخت شماست؟»

مرد تنومند به تعدادی از چاه‌های آرزو و صلیب‌های چوبی‌ای اشاره کرد که در کنار هم بر روی قفسه‌ای قرارداشتند. چاه آرزو را با قلب قرمز که احتمالاً برای مشتریان مؤنث ساخته شده بود برداشتم و با لبخند گفتم: «چه جالب! دخترای من اینو دوست داشتن.»

مرد چندین بار متوالی از ما تشکر کرد. به خاطر نداشتم هیچ‌وقت برای خرید از فروشگاهی در استرالیا به اندازه‌ای که آن روز آن مرد تنومندِ دربند از من تشکر کرد، فروشنده‌ای آنچنان واقعی از من قدردانی کرده باشد. کیفم را باز کردم و اسکناس پنجاه دلاری را به‌سمت او گرفتم. مرد آرام گفت: «ما اجازهٔ گرفتن پول از مشتری نداریم.» کمی معذب شدم؛ ولی بدون آن‌که به روی خودم بیاورم به‌سمت صندوق پرداختی‌ای رفتم که در گوشهٔ فروشگاه، توسط تنها افسر پلیسی که در آن اطراف می‌دیدیم، اداره می‌شد. افسر پلیس لبخندی زد، به راهنمای ما اشاره‌کرد و گفت: «ساخت ایشونه.»

در جواب لبخندزنان گفتم: «می‌دونم، اینو خریدم چون اون راهنمای خیلی خوبیه.» افسر پلیس خندید، چشمکی به مرد زد و گفت: «واقعاً؟ من که فکر نمی‌-کنم!» بعد چاه آرزو را به مرد داد و گفت: «چاهت رو درست کن.»

مرد با دقت و تعجب به دنبال مشکلی در کاردستی‌اش می‌گشت و با سطل کوچک چاه که با سر خمیردندان ساخته شده بود، بازی می‌کرد. نیم لبخندی زدم، چاه آرزویم را از او گرفتم و گفتم: «شوخی می‌کنه.» و از ساختمان موزه خارج شدم تا به جمیعتی بپیوندم که منتظر دیدن یک اعدام نمایشی بودند.

در کنار چوبهٔ دار مردی کوتاه‌قد با موهای مشکی پرپشت و پوستی تیره‌رنگ با یونیفرم زندانیان به دنبال داوطلبی در بین بازدیدکنندگان برای نقش جلاد می‌-گشت. به نظر می‌رسید هیچ‌کس تمایلی به ایفای این نقش نداشت، ولی بالاخره

زن میانسالی داوطلب شد و در کنار چوبهٔ دار مسئول اهرمی شد که زیر پای محکوم به اعدام را خالی می‌کرد. من اصلاً تمایلی به داشتن چنین تجربه‌ای نداشتم و در کنار افسر پلیس ایستاده و با ناباوری به داستان مردی که برای چندین بار متوالی اعدام شد تا کاملاً دار فانی را وداع کند، گوش می‌دادم.

ناگهان چهرهٔ متعجب کودک هفت یا هشت‌ساله‌ای که در بین بازدیدکنندگان بود، نظرم را جلب کرد و گفتم: «این واقعاً وحشتناکه، به صورت این بچهٔ متحیر نگاه کنین!» مادر کودک که در کنارش نشسته بود با افتخار لبخندی زد و گفت: «حالش خوبه، همین دو دقیقه پیش می‌خواست بپره روی چوبهٔ دار.»

حرف مادر من را به‌ناگاه به یاد تمام صحنه‌هایی از فیلم‌های مستند و تاریخی-ای انداخت که هیجان و شور مردم را به تماشای اعدام هم‌نوعان خود نشان می‌داد. صدای افسر پلیس مرا دوباره به دنیای واقعیت برگرداند: «این نوع مرگ می‌تونه مرگ راحت و بدون دردی باشه، اگه درست و اصولی انجام بشه.» و به نقاطی بر روی گردن خود اشاره کرد و ادامه داد: «اما معمولاً چون درست اجرا نمی‌شه باعث شکستگی گردن در چند نقطه و مرگ دردناکی می‌شه.»

دیگر صدایی نمی‌شنیدم جز صدای خودم که می‌گفت: «پس شاید دادن تقاضای کار رسمی برای شغل جلادی همچین ایده ای بدی هم نبوده، اینطوری لااقل کار دست کاربلدش میافتاده!»

دیگر بازدید ما از موزه به پایان رسیده بود و در حال خروج از محوطهٔ موزه بودیم که راهنمای تنومند با فنجان شیری دردست از کنار چوبهٔ دار برایمان دستی تکان داد و با صدای بلند خداحافظی کرد و من حیران که آرزوی مرد در هنگام ساختن چاه آرزو چه بود!

سایهٔ شوم سگ سیاه

مرد خسته و درمانده به نظر می‌رسید. آرنج‌هایش را بر روی میز کوچک کتابخانه در گوشهٔ دنجی پشت قفسهٔ کتاب‌های تخیلی، پنهان از چشم دیگران تکیه داده و سرش را میان دستانش چنان گرفته بود که گویی گردنش دیگر تحمل سنگینی سرش را نداشت و خیره به لیوان یک‌بارمصرف قهوه‌اش بر روی میز نگاه می‌کرد.

ثریا که در حال زیرورو کردن کتاب‌های قفسهٔ انتهایی بود، از زیر چشم مرد را دید و از آن‌جایی‌که انتظار دیدن کسی را در آن گوشهٔ دورافتادهٔ کتابخانه نداشت، ناگهان از روی ترس تکانی خورد و کتابی که در دست داشت را بین زمین و هوا از سقوط ناگهانی نجات داد. نفسی از سینه بیرون داد، کتاب را سر جایش برگرداند و نگاهی به مرد انداخت که مانند مجسمه‌ای بی‌حرکت نشسته بود. سر مرد چنان دولا و با دست‌هایش پنهان شده بود که چهره‌اش به‌سختی دیده می‌شد؛ اما ثریا او را شناخت. نامش محمود بود و صاحب آن سلمانی کوچک در مرکز خرید نزدیک منزلشان. مرد خوب و دست‌ودلبازی بود. چند باری پسرش رامین را برای اصلاح

سر پیش او برده و هر بار محمود نوشیدنی مهمانشان کرده بود. ثریا کتاب‌ها را رها کرد و آرام به‌سمت محمود به راه افتاد، اما محمود همچنان در جای خود بی‌حرکت نشسته و چنان در افکار خود غوطه‌ور بود که گویی روح در بدن نداشت!

ثریا نزدیک‌تر که رسید به‌آرامی گفت: «سلام آقا محمود، خوب هستین؟ خانواده خوبن انشاالله؟»

مرد با صدای ثریا به‌ناگاه از جا جهید و ایستاد، باتعجب به ثریا نگاهی انداخت، مشخص بود قادر به شناسایی چهرهٔ او نیست. با لحنی تند و جویده جواب داد: «سلام خانوم، به مرحمت شما. متشکرم.»

ثریا که از دیدن چهرهٔ آشفتهٔ مرد با آن ته‌ریش و موهای کم‌پشت جوگندمیِ به‌هم‌ریخته کمی جا خورده بود، گفت: «ثریا هستم، مادر رامین. چند بار مغازتون خدمت رسیدیم برای اصلاح سر رامین.» و با لحنی که کمی مردد بود، ادامه داد: «خوب هستین انشاالله، همه چی روبه‌راهه؟»

مرد چهل سالی سن داشت، شاید هم کمتر، ولی چهره‌اش آفتاب‌سوخته، خسته و فرتوت بود. قیافهٔ مردانه و اصیل ایرانی‌اش با آن ابروهای به‌هم‌پیوسته و سبیل پرپشت آدم را به یاد لوطی‌های فیلم‌های فارسی قدیمی می‌انداخت. پیراهن مردانهٔ آستین‌بلند آبی تیره‌ای بر تن داشت که آستین‌هایش تای نامرتبی خورده بودند و شلوار لی و کفش مردانهٔ چرمی مشکی‌اش ناهمگونی فاحشی داشتند. از سؤال ثریا

در چشمانش اشک جمع شد. از خجالت توان نگاه کردن به چهرهٔ او را نداشت، سرش را پایین انداخته و آرام زیر لب گفت: «خدا رو شکر.»

رفتار عجیب محمود کمی ثریا را معذب کرد. می‌گفتند با زن و فرزندانش دو سال قبل با قایق به استرالیا آمده و جزو آخرین گروه‌هایی بودند که شانس آورده و قبل از بسته شدن مرزها و اخراج پناهندگان موفق به گرفتن ویزای موقت شده بودند. می‌گفتند در تهران مغازهٔ کوچکی داشته و زندگی‌ای نسبتاً مرفه. می‌گفتند با یک ایرانی از خدابی‌خبر به سبک داخل ایران و بدون هیچ قراردادی شریک شده و طرف هم ناجوانمردانه تمام پول‌هایش را بالا کشیده بود.

ثریا کمی این پا و آن پا کرد و با تردید گفت: «بفرمایین بشینین.» سپس با طمأنینه ادامه داد: «اشکال نداره من یه کم اینجا بشینم؟»

محمود درحالی‌که بر روی صندلی‌اش می‌نشست با دست به صندلی مقابل اشاره کرد و بدون نگاه کردن به ثریا با همان لحن آرام و بی‌جان گفت: «خواهش می‌کنم بفرمایین.»

ثریا نامطمئن از تصمیمش فقط به صدای درونش گوش می‌داد که او را از ترک کردن این مرد تنها و گمشده باز می‌داشت. با کمی تردید در مقابلش نشست و پرسید: «خانوادهٔ گلتون که خوبن انشاالله؟»

مرد پاسخ داد: «بله خوبن، خدا رو شکر»؛ اما چشمانش که به او نگاه می‌کردند

چیز دیگری می‌گفتند.

ثریا به‌وضوح سایهٔ شوم سگ سیاه را که بر سر و هیکل مرد مانند ابر سیاه بزرگی سایه انداخته بود، می‌دید. خودش هم سال‌ها بود با این سایهٔ شوم دست‌وپنجه نرم می‌کرد. نمی‌دانست دقیقاً از کِی سایهٔ شوم سگ سیاه بر روی زندگی او افتاد و با او همراه شد. شاید شروعش همزمان بود با دست‌درازی‌های پسر نوجوان و مریض جنسی همسایه در ده سالگی یا شاید هم همزمان با درک او از طبقات اجتماعی و تفاوت‌های جنسیتی در همان شروع نوجوانی.

شاید هم این تجربیات ناخوشایند زندگی در کنار برخوردها و توقعات نادرست نزدیکانی که هر یک بدون داشتن کم‌ترین آگاهی درگیر سگ‌های سیاه زندگی خود بودند، این سایهٔ شوم را به زندگی او وارد کرد. یا شاید هم قلدربازی‌های بزرگ‌ترهای خانواده که تنها راه شناخته‌شدهٔ تربیتی برای آنها به زانو در آوردن جوان‌ترها با خرد کردن شخصیت و بی‌احترامی‌های مکرر در مکان‌های عمومی بود، به او کمک شایانی در آشنایی با این سگ سیاه افسردگی کرد. هر چه بود بدون آن‌که بداند چه بر سرش آمده، در نوجوانی بعد از تجربهٔ ناخوشایند یک رابطهٔ ناسالم عشقی و برخوردهای پر از اشتباه خانواده چنان سگ سیاهش جان گرفت که راه گلویش را هم بست و همچنان بی‌خبر از بلایی که بر سرش آمده بود، هر روز بیش از پیش سایهٔ سگ سیاه بر زندگی‌اش طنین انداخت.

می‌گویند اولین بار دکتر ساموئیل جکسون نویسندهٔ انگلیسی و بعد از او

وینیستون چرچیل که هر دو از افسردگی رنج می‌بردند، نام سگ سیاه را به میان آوردند. سگ سیاهی که سایه‌اش همیشه و همه‌جا در کنارت هست و زمان‌هایی از زندگی‌ات که فشارها و استرس‌ها و اتفاقات ناخوشایند بیشتر و نمایان‌تر می‌شوند، سایهٔ این سگ سیاه بزرگ و بزرگ‌تر می‌شود تا جایی‌که توان تحمل را از تو می‌گیرد و به ورطهٔ تنهایی و انزوا رهسپارت می‌کند و گاهی چنان پا را فراتر می‌گذارد که دیگر آرزویی جز مرگ نداری!

بدون شک احساس بی‌ارزشی و بی‌لیاقتی که بسیاری از خانواده‌های کم‌سواد و ناآگاه به فرزندان و عزیزان خود می‌دهند در پرورش و تغذیهٔ سگ سیاه افسردگی نقش به‌سزایی دارد.

این تحقیرها که عموماً از داخل خانواده‌ها آغاز می‌شود، با وارد شدن فرد به جامعه و برخوردها و تجربیات ناموفق اجتماعی گاه شدت می‌گیرند. از آنجایی‌که خانوادهٔ فرد آغازکنندهٔ این راه بوده‌اند؛ پس باور فرد از خود بدون پشتوانهٔ روحی آنها بر پایهٔ این برخوردهای غلط شکل می‌گیرد و این می‌شود آغازی برای همراهی دائمی با سگ سیاه و رنج مدام مبارزه‌ای که گویی پایانی ندارد.

می‌گویند در آمریکا از هر ده نفر یک نفر دچار افسردگی است و در استرالیا هر روز نُه نفر خودکشی می‌کنند و علت تمام اینها در یک چیز خلاصه می‌شود؛ عدم رضایت از خود و زندگی.

بر اساس آمار وبسایت خط زندگی تنها در استرالیا در سال ۲۰۱۹ تعداد افرادی که جان خود را گرفتند به ۳۳۱۸ نفر رسید!

رضایت از خود و زندگی یک روند صرفاً فردی نیست. احساس رضایت اگرچه درونی است؛ اما محیط، جامعه و افرادِ پیرامون ما در شکل‌دهی این احساس رضایت نقش به‌سزایی دارند. نمی‌توان از هیچ انسان سالمی انتظار داشت در یک محیطی که مدام به‌طور منفی نقد و سرکوب می‌شود، احساس رضایت داشته باشد.

انسان‌ها شگردهای متفاوتی برای مبارزه با سگ سیاه افسردگی به کار می‌گیرند. به کرات دیده‌ایم بسیاری از افرادی که مورد سوءاستفادهٔ لفظی و جنسی قرار گرفته‌اند، خود تبدیل به یک سوءاستفاده‌گر شده و با وارد کردن خود در این زنجیره و گرفتن تأیید از افراد مشابه سعی در به دست آوردن رضایت و فرار از سگ سیاه خود کرده و چه بسا سگ‌هایشان را با تکرار این رفتارهای نامناسب اجتماعی حوالهٔ دیگران کرده‌اند.

متأسفانه انسان‌های آگاهی که با چشم باز از تکرار این رفتارهای نامناسب اجتماعی سر باز می‌زنند، بیشتر از دیگران با این عدم رضایت دست‌وپنجه نرم می‌کنند. در این مواقع است که دایرهٔ دوستان و حامیانی که فرد را عاری از اشتباهاتش پذیرفته و قضاوت نمی‌کنند، بیش از هر قرص ضدافسردگی و بدون عوارض جانبی به سلامت روان و از بین بردن سگ سیاه افسردگی کمک می‌کنند.

عشق و ازدواج موفق هم می‌تواند تأثیر به‌سزایی در فراری دادن سگ سیاه افسردگی داشته باشد؛ اما از آنجایی‌که زندگی پر است از اتفاقات تصادفی و ناگهانی، انسان‌هایی که با شک و تردید نسبت به توانایی‌های خود بزرگ شده‌اند، در طول زندگی خود بارها و بارها با سگ سیاهشان روبه‌رو می‌شوند و ناخواسته در دام مبارزه‌ای دیگر اسیر.

تجربهٔ ثریا در سروکله زدن گاه‌وبی‌گاه با افسردگی که یک‌بار محیط و اطرافیان و خاطره‌های ناخوشایند باعثش بودند و بار دیگر قرص‌های ضدبارداری و استرس نامعمول زندگی، مطالعهٔ حال و احوالات خودش و بسیاری از افراد معروف و غیرمعروف، دیدن روانشناس‌های ایرانی و خارجی، امتحان یک‌دوجین قرص‌های خطرناک ضدافسردگی که هر بار حال و روزش را بدتر از قبل می‌کردند و خواندن کتاب‌های روان‌شناسی به او ثابت کرده بود که همهٔ انسان‌ها مستعد مبتلا شدن به این بیماری خانمان‌برانداز هستند؛ اگرچه افراد دل‌رحم‌تر، متفکر و کسانی که با احساسات خود و دیگران بیشتر در ارتباط هستند تا با ظواهر امور بیش از دیگران مستعدند. هیچ موردی را در زندگی سراغ نداشت که فرد افسرده بدون داشتن تجربهٔ تلخ و تکان‌دهنده‌ای به دام سگ سیاهش افتاده باشد و می‌توانست احساس کند که محمود در چنین شرایطی قرار دارد.

دیگر الزامی در حاشیه رفتن نمی‌دید؛ پس دل به دریا زد و گفت: «محمود خان به نظر ناراحت می‌آین. کاری از دست من برمی‌آد؟»

مرد به‌وضوح در حال دست‌وپا زدن بود. غرور مردانه‌اش به او اجازه نمی‌داد در مقابل زن غریبه‌ای از دردهایش بگوید؛ دردهایی که مثل یک پتک استخوان‌هایش را هم به لرزه درآورده بود. سینه‌اش را صاف کرد و گفت: «خودتون که بهتر می‌دونین، مهاجرت خیلی سخته.»

اوف مهاجرت سخت بود. خیلی سخت‌تر از آنچه تصورش را کنی. ثریا خودش زندگی‌ای راحت، مرفه و آپارتمان خوش‌منظرهٔ شمال شهر تهرانش را همین شش سال پیش ترک کرده و با شوهر و دو فرزندش به امید آینده‌ای بهتر به‌خصوص برای فرزندانش آن هم با ویزای دائم و تحت عنوان مهاجر مهارتی راهی استرالیا شده بود. آمدن با قایق، به‌عنوان پناهنده و بدون داشتن ویزای درست و حسابی یا دانستن زبان انگلیسی با آن برچسب بدبخت بیچاره‌گی که به پیشانی‌ات می‌چسباندند، حتماً به مراتب سخت‌تر بود.

آهی کشید و گفت: «بله درست می‌گین ... واقعا سخته» و درحالی‌که سعی می‌کرد از جو سنگین به وجود آمده اندکی بکاهد، ادامه داد: «متأسفانه ثابت شده رقابت بین جوامع مهاجران از هر ملیتی به‌خصوص در سال‌های اولیه به‌شدت زیاده و در کمال تأسف اغلب ایرانیان در جامعهٔ مهاجران استرالیا غیر قابل اعتماد، رقابتی و سودجو هستن و این باعث شده مهاجرت سخت‌تر هم بشه؛ ولی دیگه چی‌کار می‌شه کرد. این تصمیمی هست که ما گرفتیم و هر کدوم هم حتماً دلایل موجهی براش داشتیم و باید پاش وایسیم. هر چی بگذره بهتر می‌شه انشاالله.» سپس با

خندهٔ کوتاهی اضافه کرد: «آدمهای خوب هم اینجا زیادن، فقط اینجا هیچ‌کس در راه رضای خدا کاری برای کسی نمی‌کنه.»

محمود که همچنان سر در گریبان و خیره به میز نشسته بود و به نظر می‌رسید نه چیزی می‌شنود و نه چیزی می‌بیند، در کمال تعجب سکوت را شکست و گفت: «کاشکی کسی این چیزها رو زودتر به من می‌گفت. من و خانمم که زبان انگلیسی درست‌وحسابی بلد نیستیم و راه و رسم اینجارم نمی‌دونیم». سپس آهی کشید و ادامه داد: «فکر می‌کردیم هم‌وطنامون هوامون رو اینجا دارن.»

ثریا لبخندی زد و گفت: «می‌فهمم چی می‌گین، ولی متأسفانه جامعهٔ استرالیا کاملاً با ایران فرق داره و یک جامعهٔ فردگراست، پر از آدمهای خودخواهی که اول و آخر به فکر سود و رضایت خودشون هستن و محاله شما رو تو دایرهٔ دوستی و حمایت خودشون راه بدن، مگه این‌که بهشون ثابت بشه شما به منافع اونا اضافه می‌کنین. تازه حتی اگه در این دایره هم قرار بگیرین، باز هم نباید چشم‌وگوش‌بسته به هیچ‌کس اعتماد کنین. من و همسرم هم کلی ضرر مالی و معنوی دادیم تا این موضوع رو با پوست و استخونمون حس کردیم و یاد گرفتیم. البته زندگی به کسایی که اصول و مرامشون رو به این راحتی نمی‌تونن عوض کنن و زندگی‌شون در کشور خودشون کاملاً مالی و اجتماعی جا افتاده بوده، خیلی بیشتر هم سخت می‌گذره. حالا نگران نباشین. به قول شاعر این نیز بگذرد.» و خنده‌کنان ادامه داد: «جون ما درمی‌آد ولی می‌گذره. اگه کمکی از دست من برمی‌آد حتماً باهام تماس

بگیرین.» سپس، به‌آرامی از جا برخواست، کارت ویزیت محل کارش را به او داد و گفت: «اینم شمارۀ تلفنم هست. به خانوم هم خیلی سلام برسونین. انشالله یه قراری می‌ذاریم همین روزا خانواده‌ها هم با هم آشنا بشن.»

محمود هم لبخندی زد و در جواب گفت: «انشالله، خیلی ممنون.»

و آن روز آخرین باری بود که ثریا محمود را دید. یک هفته از آن ماجرا گذشته بود که هاله با ثریا تماس گرفت تا در کمال ناباوری خبر خودکشی محمود را به او بدهد. ظاهراً اوضاع مالی‌اش به حدی از وخامت رسیده بود که حتی قدرت خرید مواد غذایی هم نداشتند. یک شب محمود ساکت و آرام حلقۀ ازدواجش را از انگشت بیرون می‌آورد، بر روی میز آرایش اتاق خواب می‌گذارد، به بالای پل عابر پیاده‌ای در اتوبان نزدیک خانۀ کوچک اجاره‌ای‌شان می‌رود، خودش را از آن بالا به پایین پرتاب کرده و برای همیشه با این دنیا وداع می‌کند.

ثریا همیشه فکر می‌کرد که محمود حتماً باید خیلی بی‌کس و درمانده و اسیر سگ سیاهش بوده باشد که حاضر شده همسر و فرزندانش را در این دیار غربت بدون یار و یاور رها کند.

جامعۀ ایرانیان در استرالیا برای خانوادۀ محمود مقدار قابل ملاحظه‌ای پول جمع کردند و مراسمی گرفتند. ثریا به مراسم ختم نرفت و هیچ‌وقت با همسر و فرزندان محمود از نزدیک دیدار نکرد، ثریا از نگاه کردن به چشمان آنها خجالت

می‌کشید، او خجالت می‌کشید از این‌که او را اسیر سگ سیاهش دید؛ اما هیچ نگفت

و هیچ نکرد.

زهرا پدرام جعفری

تقدیر و تشکر

چنان‌که روزنامه‌نگار آمریکایی جورج آدامز می‌گوید: «هیچ انسان خودساخته‌ای در دنیا وجود ندارد. ما انسان‌ها ساخته و پرداختهٔ هزاران انسان دیگریم. هر آن‌کس که کوچک‌ترین محبتی در حق ما کرده، یا کلمه‌ای تشویق‌آمیز به ما گفته در ساختن شخصیت، افکار و همچنین موفقیت ما دخیل بوده است.»

از تمام کسانی که به‌طور دائم یا موقت بخشی از زندگی من بوده‌اند و به شکل‌گیری این داستان‌ها خواسته و ناخواسته کمک کرده‌اند، سپاسگزارم. لازم به تذکر است که مسئولیت هر گونه اشکال، نقص و کمبودی در متن این کتاب بر عهده نویسنده است.

دربارهٔ نویسنده

زهرا پدرام جعفری متولد زمستان ۱۳۵۳ در شهر تهران از پدر و مادری تهرانی است. او دارای دیپلم ریاضی - فیزیک از دبیرستان دخترانهٔ ایران و فارغ‌التحصیل رشتهٔ مهندسی نرم‌افزار در سال ۱۳۷۷ از دانشگاه علم و هنر تهران است. زهرا از کودکی با دیدن علاقهٔ اطرافیانش، به خواندن علاقه‌مند شد و در طی سال‌های دبستان، راهنمایی و دبیرستان با بسیاری از آثار مهم کلاسیک ایران و جهان و کتاب‌های روان‌شناسی آشنایی پیدا کرد. علاقهٔ او به نوشتن در سال‌های نوجوانی با نوشتن روزمره‌گی‌ها در دفترچهٔ خاطراتی آغاز شد که از هیچ ارزش ادبی برخوردار نبود، کسی آن را جدی نگرفت و در همان سال‌ها از میان رفت. با شروع دورهٔ دانشجویی ارتباط او با کتاب و کتاب‌خوانی کم‌رنگ شد؛ اگرچه در سال‌های بعد و با رونق وبلاگ‌نویسی، زهرا هم مانند هم‌دوره‌ای‌های خود در کنار کار، زندگی متأهلی و بزرگ کردن فرزندانش وبلاگی در بلاگفا ایجاد کرد و به نوشتن درمورد روزمره‌گی‌هایش پرداخت. وبلاگ موفقیتی نسبی داشت و شوق و ذوق از یاد رفته را مجدد در او زنده کرد؛ اگرچه مدت کوتاهی بعد از آن و با تصمیم خانواده برای مهاجرت به خارج از کشور وبلاگ مذکور نیز بسته شد. زهرا در این مدت به ترجمهٔ مقالات و متون انگلیسی به‌طور پاره‌وقت اشتغال داشته و در طی سال‌های بعد به‌عنوان فروشنده، مدیر فروش محصولات آرایشی کلینیک، کارمند بانک، برنامه‌نویس و

مهندس کامپیوتر در خارج کشور ایفای نقش کرده است. او در تمام این سال‌ها از هر فرصتی حتی کوچک برای خواندن و نوشتن سود جسته. کتاب حاضر اولین تلاش زهرا در آستانهٔ چهل و هفت سالگی برای انجام دادن کاری است که مدت-های مدیدی به علل مختلف و گاهاً واهی به تعویق انداخته شده است.